KB153559

엄마가

했어

엄마가 했어

ママがやった

井上荒野

이노우에 아레노 소설

김영주 옮김

문학동네

차례

엄마가 했어

먼저 전화를 건 것은 소타였다.

알리고 싶은 일이 있어 걸었다가 어떤 말로 설명할지 망설이는 사이, "안 그래도 전화하려던 참이었는데" 하고 엄마가 말했다. 전화로 얘기하기 힘든 일이니 집으로 와주면 좋겠다는 말을 듣는 순간 소타는 어쩐지 불길한 예감이 들었지만 설마 이런 일이 벌어졌을 거라고는 생각도 못했다.

엄마는 이유를 말하지 않았다. 방법에 대해서는 이미 충분할 만큼 자세히 얘기했다. 곤드레 취해 잠든 아버지의 얼굴을 물에 적신 수건으로 덮고 그 위에 베개를 올린 다음 자신의 체중을 실어 눌렀다고 한다. TV 드라마에서 그 방법을 보았다고. "뭐, 조금 버둥거리긴 했지만 잠깐이었어. 설마하니 진짜 죽을 거라고는 생각 안 했는데 죽더라고. 깜짝 놀랐잖아" 하며 엄마는 전혀 놀라지 않은 모습으로 말했다.

엄마는 큰누나 도키코의 일손을 빌려 선술집을 운영하며 가게 2층에 거주한다. 다다미 여섯 장 크기*의 방에 깔아둔 이불 위에 아버지의 시신이 누워 있었다. 미간을 살짝 찌푸리고 입을 뻐끔 벌린 채, 5월 날씨에 맞지 않는 두꺼운 이불 밑에서 어깨와 팔을 내놓은 게 소타가 어릴 적부터 익히 알고 있는 그야말로 '곤드레 취해 잠든' 모습이었다. 그러나 피부가 이미 차갑게 강직됐고, 아버지가 죽었다는 사실은 확실했다. 혹시 장난치는 게 아닐까 했던 안이한 기대가 꼼짝없이 뒤엎어져 멍하니 아래층으로 내려 갔더니 "꼭 자는 것 같지? 내가 눈을 감겨줬거든" 하고 엄마는 공치사라도 하는 투로 말했다.

아래층에는 세 여자가 있다. 카운터석 안쪽에 엄마, 손님 자리에 누나 둘. 소타가 도착했을 때 이미 누나들은 와 있었다. 애초에 엄마가 시간 차를 두고 전화한 것 같다. 엄마는 언제나 그렇듯 기모노 차림에 한 가닥도 빠짐없이 머리를 틀어올렸다. 자그만 올림머리 옆에 나무 열매 같은 동그란 산호 장식이 달린 비녀가 꽂혀 있다. 무늬 없는 짙은 남색 기모노에 비녀의 붉은색이

---

* 다다미 1장의 크기는 약 180×90cm.

묘하게 돋보인다.

　오전 11시를 조금 지난 시각이었다. 아직 포렴*은 안에 있었지만 셔터를 올린 상태라 격자문의 판유리로 초여름 햇살이 들어와 실내가 은은하게 밝았다. 소타는 누나들과 조금 떨어진 자리에 앉았다.

　"왜 그랬대?"

　엄마가 답을 하지 않으므로 누나들을 향해 물었다.

　"그러니까 TV에서 봤다잖아."

　아야코가 말했다. 삼 남매 중 이 작은누나만 결혼했는데, 누나한테는 이혼하고 돌아온 딸을 필두로 자식이 셋이나 있다.

　"그건 이유가 아니잖아."

　"엄마가 그 말만 하는걸 뭐."

　"큰누나는 아는 거 없어? 어제도 여기 있었잖아."

　"평소와 별반 다르지 않았어, 엄마나 아버지나."

　두 누나는 외모도 성격도 서로 정반대다. 아야코는 동안이고 그런대로 미인 축에 들지만 그다지 영리하다 할 수 없는 반면, 도키코는 사려 깊지만 생김새가 수더분해 나이보다 늙어 보였다. 그래도 둘 다 어딘가 엄마를 닮은 구석이 있다. 소타만 아버

---

　* 점포 출입구에 간판처럼 늘어뜨려 걸어놓은 천 조각.

지의 외모를 많이 물려받았다.

"큰누나가 한번 더 물어봐."

"벌써 몇 번이나 물어봤어."

세 사람은 마치 그곳에 엄마가 없는 것처럼 얘기했지만 물론 충분히 들리고도 남을 터였다. 잠시 뜸을 들였다가 셋이 다 함께 물어보자 엄마는 평소에도 자주 보여주는, 외국인처럼 어깨를 으쓱 추켜올려 보이는 동작을 취했다.

소타가 의자에서 내려와 누나들 쪽으로 다가갔다.

"치매인 건 아닐까?"

"그건 아니야." 도키코가 평소 성량으로 대답했다.

"치매 걸린 것 같진 않은데."

그렇게 말한 사람은 엄마였다. 말이 끝나기가 무섭게 엄마가 잽싸게 카운터석 아래로 몸을 숙여 소타는 흠칫 놀랐는데, 잠시 후 일어났을 때는 쌀을 담은 소쿠리를 들고 있었다.

"너희 점심 먹고 갈 거지?" 하고 엄마는 쌀을 씻기 시작했다.

가게 이름은 '히라쿠'*인데, 아버지의 이름 '다쿠토'에서 따온

---

* 일본어 '히라쿠'(拓く)는 '개척하다'라는 뜻으로, 인명 '다쿠토'와 동일한 한자를 사용한다.

것이다.

소타가 초등학교에 입학할 무렵까지는 아버지의 가게라고도 할 수 있었다. 애초에 요리하는 일은 엄마가 맡았지만, 아버지가 차를 운전해 식자재를 구입하러 가고 손님 응대도 했었다. 엄마가 운전면허 학원에 다닌 건 소타가 초등학교 3학년 때였다. 고학년 무렵에 가게에서 볼 수 있던 아버지의 모습은 손님석에 앉아 술을 마시는 것뿐이었다. 자식들에게는 직업을 바꿨다고 설명했다. 이후 아버지는 '사진작가'였다가 '일러스트레이터'였다가 '여행기자'이기도 했는데, 십 년 전쯤부터는 쭉 '소설가'라고 했다.

"마침 죽순이 있어서 말이야."

엄마가 준비한 점심은 죽순밥과 죽순 속껍질을 넣은 된장국과 달걀말이였다. 엄마도 손님석으로 나와 앉았다. 그러고는 국그릇을 손에 들고 "아참" 하는 소리를 내더니 다시 주방으로 돌아가 작은 샐러드 볼을 가지고 나왔다. "다들 먹고 싶은 만큼 덜어 먹으렴." 볼 안에는 산초나무 순이 들어 있었다.

진짜 치매 아냐? 소타는 생각한다. 엄마의 음식 맛도 하는 행동도 완전히 평소와 그대로지만 오히려 그 사실이 치매라는 증거가 아닐까. 이런 상황에서 평소처럼 행동한다는 게 말이다. 아니면 이미 한참 전부터 치매였던 거라고 생각해볼 수 있다. 그렇

다면 그걸 눈치채지 못하고 평소 모습이라 여기던 우리도 정상
이 아닌 건 마찬가지다.

"셔터는 닫는 게 좋지 않을까?"

"걸어 잠그면 오히려 사람들이 이상하게 생각할걸. 항상 이 시
간부터 열어두는데."

"가족끼리 밥 먹는 것뿐인데 이상할 게 뭐 있어."

"소타, 밥 더 먹을래?"

남매의 다툼을 중재하는 말투로 엄마가 말하자 소타는 어느새
자신의 밥그릇이 싹 비워졌음을 알았다.

"일은 잘돼가?"

밥을 더 담은 그릇을 건네면서 엄마가 그렇게 물었다. 소타의
대답보다 빠르게 "그래서 지금은 무슨 일 하는데?" 하고 아야코
한테서 질문이 날아든다.

"가사 대행 서비스."

"정규직이야?"

"파트타임이긴 한데, 쉬는 날에는 다른 일이 있어."

"다른 일은 뭔데?"

"아, 내 얘기는 됐어."

소타가 이처럼 짜증 섞인 목소리로 말하는 것 역시 평소와 똑
같다고 할 수 있다.

"밥 다 먹으면 경찰서에 전화해야지."

"경찰? 왜?"

"왜라니, 그럼 전화 안 할 생각이야?"

"경찰에 알리면 엄마가 잡혀가는 거잖아." 도키코가 어린아이를 가르치는 투로 소타에게 말했다.

"내년이면 엄마는 여든이야. 감옥에 가시게 하고 싶니?" 아야코가 눈물을 글썽이며 나무랐다. 소타는 누나들을 번갈아 바라보고는 두 사람이 이미 마음을 굳혔음을 깨달았다. 언제 어떤 식으로 결정했는지 모르겠지만 의논 따위를 하지 않아도 둘에게는 텔레파시가 통하는 게 분명하다.

"엄마는 괜찮아. 뭐, 감옥에 간다 해도." 엄마가 태연한 목소리로 끼어들었다. "어차피 그리 오래 살지도 못하는걸. 경찰에 알리는 게 너희한테도 편할 거야. 그렇게 해."

"안 돼, 엄마."

"엄마, 거기 들어가면 삼시 세끼 감옥 밥이에요. 맛있는 것도 못 먹는다고요."

누나들이 저마다 한마디씩 하자 엄마는 "그건 그렇네" 하고 생각에 잠기는 표정을 지었다.

가게의 손님석은 카운터 자리뿐이고, 뒤쪽 벽에는 액자에 끼운 그림이 일정한 간격으로 걸려 있다. 그 볼펜 선화들은 아버지가 일러스트레이터였던 시절에 그린 것이다. 데포르메* 기법을 사용한 여자의 엉덩이와 가슴, 과일과 꽃. 어디선가 본 듯한 인상이지만 나름대로 훌륭하다. 아버지가 재주 있는 남자라는 사실은 틀림없었다. 아버지는 자기 자신을 어떻게 여겼을까, 소타는 생각한다. 액자 위에 코트 걸이가 일렬로 붙어 있어 추운 계절에는 그림 위에 손님들의 코트나 점퍼가 씌워졌다. 집에 가려고 코트를 집던 술 취한 손님이 거기 그림이 있다는 걸 처음 알아채고 "뭐야 이건" 하며 함부로 말한 적도 있다. 그때 마침 소타가 가게에 있었고, 아버지는 또 카운터석 끝자리에서 술을 마시고 있었다. "골동품 가게에서 샀어요, 그림이 좀 재밌어서" 하고 아버지가 말했다. "작가는 십대에 죽었다네요, 살아 있었으면 분명 유명한 화가가 됐을 거라고 주위에서 높이 평가했대요. 뭐, 그림을 판 사람이 한 얘기니 어디까지 믿을 수 있을진 모르겠지만 말이죠." 그 손님이 그림을 깎아내리는 말을 몇 마디 늘어놔도 아버지는 히죽히죽 웃기만 했다.

휴대폰이 울렸다. 가오리. 소타는 화면에 뜬 발신자를 확인하고 부엌문을 통해 가게 밖으로 나갔다. 맥주 상자에 걸터앉아 부

---

* 대상의 일부를 왜곡·변형해 묘사하는 회화 기법.

엇문을 감시하는 듯한 자세로 전화를 받는다.

"미안, 어제는 늦어서. 지금 일어났어."

이날 아침 여자친구에게 전화했다가 받지 않아 음성사서함에 메시지를 남겨놨었다. 엄마한테 전화하기 전이다.

"알려주고 싶은 일이란 게 뭐야?"

"아니, 그게⋯⋯" 소타는 머뭇거렸다. 이제는 무얼 알릴 기분이 아니었다. "일어났다고."

"그게 알려주고 싶은 일이야?"

"응, 뭐."

"하핫."

가오리는 건조하게 웃는 소리를 내더니 그 여운을 미세하게 가다듬듯 다행이네, 하고 말했다.

"안 좋은 일이라도 생겼나 했어. 괜히 마음 졸였네."

가오리는 자주 가는 술집에서 알게 됐다. 거나하게 취한 상태로 혼자 가게에 들어왔길래 말을 걸었다가 그날 바로 자게 됐고 어쩌다보니 그대로 사귀고 있다. 가오리는 분명 그가 자신에게 푹 빠졌다고 생각하겠지만, 그저 이혼녀 프리랜서 편집자라는 그녀의 프로필이 마음에 들었을 뿐이라고 소타는 여기고 있다. 그렇다고 '이혼녀'나 '프리랜서 편집자'의 실체에 대해 스스로 얼마나 잘 아는지는 확신할 수 없지만. 전화 연결이 잘 안 되거나 그녀가 자주 "어제는 늦게 들어와서"라고 말하는 건 이혼 녀이고 프리랜서 편집자라서 그런 거겠지, 하고 생각할 뿐이다.

"예를 들면?"

정신을 차리고 보니 소타는 그렇게 묻고 있었다. "어, 뭐가?" 하고 가오리가 되묻는다.

"나한테 일어났을지도 모르는 안 좋은 일이라는 게, 예를 들면 어떤 건데?"

"시비 걸고 싶은 거야?"

가오리의 말투에 귀찮아하는 티가 역력하다.

"시비를 걸다니. 그저 좀 궁금해서. 마음을 졸였다길래 무슨 상상을 했나 싶어서."

"골절이라든가. 식중독이라든가. 누군가가 죽었다든가."

가오리는 되는대로 열거했다.

"뭐, 가슴 철렁할 일이 그리 자주 일어날 것 같은 사람이 아니지만 자기는."

소타가 더이상 대꾸하지 않자 둘은 "그럼 조만간 봐" 하고 형식적인 인사를 나눈 뒤 전화를 끊었다. 자신에게 여자가 필요한 건 분명하지만 영 재주가 없는 것 같다. 그게 아버지와 다른 점이다.

길 건너 상가 건물의 그림자가 바로 발밑까지 뻗어 있었다. 소타는 그림자 속으로 천천히 발을 넣었다가 다시 천천히 빼냈다. 그런 다음 느릿느릿 가게로 돌아갔다. 도키코가 소타를 슬쩍 보더니 뭔가를 말하고 싶어하는 듯했으나 결국 아무 말 하지 않고 자세를 바로 했다.

"요즘은 어땠어?"

아야코가 엄마에게 묻는다. 그 말만으로 화제가 뭔지 알 수 있었기에, 아 역시 물어보긴 하는구나, 소타는 생각했다. 이런 상황이 벌어졌는데 아무도 엄마에게 이 일에 대해 묻지 않는다는 기분이 들긴 했었다.

"아버지도 이제 일흔이 넘었으니까, 점잖아졌지."

엄마는 현재형으로 대답하고는 일어나서 주방 안으로 돌아간다. "차도 좀더 마실 거지?" 하는 말과 함께 찻주전자에 불을 올린다.

서로 견제라도 하듯 한동안 아무도 말을 하지 않았다. 손으로 턱을 괴고 있던 도키코가 고개를 들었다.

"점잖아진 건 아니었지."

"어머머……"

"있었잖아, 그 여자."

"누굴 말하는 거니? 엄마는 모르겠는데."

"뻔질나게 가게에 같이 왔었잖아."

"그건 출판사 사람이야."

"들어본 적도 없는 회사잖아. 뭐, 그건 그렇다 치고. 아무튼 그 여자랑 아버지가 배 맞은 사이라는 건 엄마도 알고 있었잖아?"

잠시 어딘가에 놔두고는 잊고 있던 긴박감이 소타의 내부로 돌아왔다. 도키코가 이런 식으로 노골적인 표현을 쓰는 일은 지금껏 없었다. 아야코의 눈도 휘둥그레졌다.

"그런 식으로는 생각 안 했는데."

엄마는 차를 두 잔째 나눠 따르면서 태연한 투로 말했다. 그런 태도가 오히려 소타의 기억도 자극했다. 그 여자인가? 소타는 수중에 돈이 달랑달랑할 때 가게에서 저녁을 얻어먹는데, 아버지가 여자랑 같이 손님석에 있는 모습을 맞닥뜨린 적이 있었다. 분명히 "출판사 분이야"라고 소개를 받아서 '출판사 분'은 프리랜서 편집자보다 높은 사람인 건가, 하고 생각했던 걸 기억한다. 소타와 비슷한 연령대에, 눈망울이 촉촉한 여자였다.

그때 엄마는 짬이 나면 그 둘과 담소를 나눴다. 소타에게는 그 둘에 대한 감정보다 엄마의 태도에서 느껴지는 위화감이 더 컸다. 아무리 아버지라도 내연녀를 가게로 데려오진 않겠지 싶었고, 여자가 꽤 젊고 미인이기도 했다. 아버지가 흑심을 품었을지 몰라도 여자 쪽에서 상대해주지 않을 것이며, 그래서 가게에도 데려왔고 그녀도 따라온 거라고 생각했었다. 이런 엄마와 저런 아버지 사이에서 자랐기 때문에 그런 식으로 사고하게 된 건지도 모르겠지만.

"그럼 그 사람 때문인 거네." 아무도 대꾸하지 않자 소타는 이어서 말했다. "엄마가 아버지를 처리한 건."

"이상한 표현 쓰지 마." 아야코가 미간을 한껏 찌푸렸다.

"그럼 어떻게 말하면 되는데?"

"넌 왜 그렇게 이유만 묻는 거니?"

도키코가 차분한 목소리로 말했다. 평정심을 되찾았다고 할 수도 있겠지만, 큰누나의 이런 목소리는 언제나 소타의 귀를 통해 몸속으로 파고들어 뼈를 서서히 움켜쥐는 것처럼 들렸다. 소타는 십수 년 전에도 누나에게 완전히 똑같은 어조로 똑같은 말을 들었던 일이 떠올랐다. "왜 큰누나는 계속 엄마한테 붙어 있는 거야?" 그때 그렇게 물었다. 소타는 도키코에게 엄마를 위해 자기 인생을 희생할 필요는 없다고 말하고 싶었던 것 같은데, 어쨌든 그날 이후로 그 화제를 꺼내는 일은 없었다.

"이유를 알아서 어쩌려고. 이유를 알면 사태가 호전되기라도 해?"

"맞아, 어차피 이렇게 된 거 좀더 도움이 될 일을 생각하라고."

아야코의 목소리까지 더해지자 소타는 입을 다물었다. 엄마로 말할 것 같으면, 마치 자기 일이 아니라는 표정으로 맛있게 차를 홀짝이고 있다.

아버지는 엄마보다 일곱 살 연하이고 외모는 그보다 더 젊어 보였다.

호리호리한 체형이나 귀염성 있는 얼굴에 더해 정신연령이 반영된 결과였으리라. 아버지의 염치없음과 무책임함은 차라리 열 살 꼬맹이 수준에 가까웠다.

아버지에게 여자가 끊이지 않았던 이유는 일을 대하는 태도와 마찬가지로 싫증이 나기 전까진 예사롭지 않은 열정을 쏟아붓기 때문이리라. 그렇다 해도 저런 남자에게 걸려드는 여자들이 있다는 걸 소타는 믿기 어려웠다. 거기에 감격해 걸려든 끝에 아내가 되고, 새로운 여자가 줄줄이 출현하는데도 헤어지지 않고 살아온 엄마(그리고 그 자식들)라는 실제 사례가 존재하긴 하지만.

누나들은 카운터석 끝에서 이미 소타에게 등을 돌린 채 시신 처리에 관해 의논하고 있었다. 차로 실어 옮겨서 바다에 가라앉힌다는 쪽으로 계획이 마무리되려 한다. 뭘 물어보더라도 모른다고 대답하면 돼. 아니야, 여행을 떠났다느니 그런 말은 하지 않는 게 나아. 여자랑 어떤 약속을 했었는지도 모르고. 오늘 점심쯤 아무 말도 안 하고 나갔다. 행선지도 모르고 누구와 만나는지도 들은 게 없다. 그렇게 하자. 똑같은 거야, 평소랑. 홀쩍 떠났다가 마음이 내키면 돌아오는 거지. 한 달쯤 행방을 모르는 건 일상이었다고 말하면 될 거야.

누나들의 목소리 사이사이에 "맞아" "흐음" 하는 엄마의 맞장구가 섞였다. 소타는 의미 없이 휴대폰을 만지작거리고 있었는데, 그렇게 여자들의 목소리를 듣고 있으면 담요에 폭 감기는 듯한 감촉이 들었다. 살인 은폐를 도모하는 절차가 꽃구경 의논이라도 하는 것처럼 들리는 게 기묘했지만 그렇다고 실상 특별한 느낌은 들지 않았고, 왠지 소타가 철이 들었을 때부터 가족들이 이 일을 의논해온 것 같은 느낌마저 들었다. "소타" 하고 도키코가 불렀다.

"좀 나갔다 와야겠어. 파란색 천막이 필요해."

가게를 빠져나갈 수 있다니, 바랄 나위 없는 일이었다. 바깥은 눈부시게 밝았다. 기온은 그리 높지 않았지만 소타는 걸치고 있던 셔츠를 벗고 티셔츠 바람으로 나갔다. 셔츠를 휘두르듯 흔들며 걷기 시작했고, 발걸음이 부자연스레 통통 튀는 듯한 기분이 들어 진정시켰다. 원래 자신이 평소 어떤 식으로 걸었는지 생각나지 않는다.

엄마와 누나들과 살해된 아버지가 있는 가게 안에서 이미 하루는 갇혀 있었던 기분이었지만 실제로는 겨우 오후 2시를 막 지난 참이었다. 골목길에서 대로변으로 나오자 아무 고민도 없어

보이는 사람들이 느긋하게 오갔다. 도키코는 근처 가게가 아닌 간선도로변에 있는 홈센터*에서 파란색 천막을 사라고 주문했다. "되도록 아무한테도 인상이 남지 않도록 후딱 사 오렴." 그런 장소에는 CCTV가 설치되어 있지 않을까 소타는 생각했지만 그냥 잠자코 고개를 끄덕였다. 이 계획이 성공할 것 같진 않은데 왠지 실패할 것 같지도 않다. 아직 현실감이 없기 때문이리라.

집들이 늘어선 거리의 풍경도 꿈속에서 보는 듯 반가움과 서먹함이 뒤섞여 있었다. 소타는 고등학교를 졸업하고 이 동네를 떠났다. 오차노미즈에 있는 출판 편집 외주사에 아르바이트직으로 채용되어 회사 근처에 집을 얻었다. 그리고 보니 아까 가게 밖으로 나왔을 때 느낀 해방감이 그 시절의 기분과 비슷했다. 그래도 자신은 도키코와 마찬가지로 보통 성인 남자치고는 가족과 유독 끈끈하다고 할 수 있겠지만. 고정된 직장을 구하지 못한 탓에 집도 보다 저렴하고 좁고 불편한 곳으로 자주 옮겨야 했고, 게다가 그런 처지(라고 소타는 생각하고 있다)가 인간관계에도 영향을 끼쳐온 지금까지의 인생에서 가족만큼은 언제나 그 모습 그대로 그곳에 있었다. 그 점은 못마땅하기도 하고 기묘한 일이기도 했다. 소타에게는 이 가족의 구성원으로서 모호함을 학습

---

* 일용잡화나 주택설비용품을 판매하는 일본의 소매점.

하며 성장해왔다는 자각이 있기 때문이다.

소타는 계속 다리를 움직였지만 홈센터 쪽으로 조금도 가까워지지 않았다. 파란색 천막이 필요한 이유가 뭔지 생각하고 싶지도, 그걸 사러 가고 싶지도 않다. 홈센터를 멀리 피해 태어나고 자란 동네를 관광이라도 하듯 여기저기 빙빙 돌아다녔다. 거리 풍경은 격심하게 변화했지만 소타가 어릴 때부터 변함없이 존재하는 가게도 있다. 소타는 선로 옆 새 파는 가게에 들어갔다.

바깥 날씨와 상관없이 실내가 우중충하게 느껴지는 건 예전 그대로였다. 세월이 흘러 새장 철망이 허옇고 푸르스름하게 빛바랜 탓일지도 모르고, 아니면 새장 그 자체 때문인지도 모르겠다. 새똥과 곡물 사료가 뒤섞인 냄새. 어릴 때는 마음에 바람이 통하는 것 같다고 느꼈었다. 한번은 그 얘기를 했더니, "그건 애절하다는 뜻이야" 하고 아버지가 말했다. 아버지와의 추억 대부분은 새 파는 가게에 있다. 아버지가 이곳을 좋아해서 자주 함께 왔기 때문이다.

새장을 진열한 선반이 세 열, 그 사이에 좁은 통로 두 개가 있다. 아버지가 마음에 들어했던 새는 홍작인데, 그 새장도 기억 속 그 자리에 있었다. "홍작이라고는 하지만 이름만큼 그렇게 붉은 건 아니야." 아버지가 했던 말이 되살아난다. 새의 움직임을 좇을 때 어린아이 같던 아버지의 옆얼굴, 흥미로운 동작을 하는 새를 보며 "후훗" 하던 그 작은 웃음소리.

새 파는 가게에 갈 때면 삼 남매 중 유독 소타만 데리고 다니는 듯도 했지만 막상 나가면 아버지의 관심은 오로지 새에게로 향했다. 소타는 바로 그 '마음에 바람이 통하는' 감촉을 떠올리면서, 그래도 자신이 이곳에 온 건 아버지의 죽음을 슬퍼하기 위해서라고 생각했다. 사실 어떻게 슬퍼해야 하는지 잘 몰랐다. 아버지가 죽어서 슬픈 건지, 실은 전혀 슬프지 않은 건지도 잘 몰랐다. 그것에 대해 생각해보려 하지만 어째선지 떠오르는 건 엄마의 옆얼굴이었다. 소타에게 엄마의 옆얼굴은 늘 종이를 오려 표현한 작품을 떠올리게 했다. 정교하면서 강인함과 연약함이 서로 대치하는 듯한. 아버지 얼굴에 젖은 수건을 덮었을 때 엄마는 알고 있었던 걸까. 아니면 알고 있었기 때문에 죽인 걸까.

가게 안쪽 유리문 너머에서 사람 그림자가 보였다. 세대가 바뀌었을 순 있어도 역시 가게 주인은 예전 그대로 저 자리에서 지켜보고 있구나, 소타는 생각했다. 그렇다면 건너편 통로를 걷는 발소리는 다른 손님 것이다. 그 발소리가 갑자기 재빠른 기세로 다가오더니 소타 앞에 획 하고 한 여자가 나타났다. 소타는 흠칫 놀랐고 상대방도 놀란 얼굴을 하고 있었다.

"아." 소타가 무심코 소리를 내버렸다. 여자는 후퇴해야 할지 전진해야 할지 망설이는 얼굴을 하더니 결국 "어?" 하고 입을 열었다. 둘은 한동안 서로를 마주보았다.

"무슨 일 있나요?" 여자가 결심한 듯 말했다.

"네?"

"다쿠토 씨한테 무슨 일이 생겼나요? 당신, 다쿠토 씨의 아들이죠?"

소타는 고개를 끄덕일 수밖에 없었다. 예전에 히라쿠에서 마주친 일을 상대방도 기억하는 이상, 괜히 여기서 시치미를 뗐다가 도리어 곤란해질 수 있다. 이게 어떤 상황인지 감이 오기 시작했다. 아버지가 이 가게에서 애인과 만나기로 약속한 것이다. 이날 마침 우연히 만나게 된 분위기가 아니다. 아마 늘 그렇게 했을 것이다. 엄마한테는 잠깐 산책 좀 하고 오겠다는 둥 그렇게 둘러대고, 집에서 오 분도 채 안 걸리는 이곳에서 여자를 만난 뒤 그다음에 어딘가로 갔겠지. 새 파는 가게에서의 만남이라니, 아버지한테 걸려드는 여자가 참으로 좋아할 법하다.

"아버지는 아직 집에 안 왔어요. 아침 일찍 나갔는데…… 무슨 문제가 생겼는지 점심 먹으러 못 온다고 전화가 왔었어요."

소타는 급조한 말을 아무렇게나 내뱉었다. 알리바이로 적합한지 검증할 여유 따위가 있을 리 없다.

"무슨 문제요?"

"글쎄요…… 자세히는 말을 안 해서. 급해 보였어요."

"그런데 왜 저한테는 전화가 안 오는 거죠?"

"저야 모르죠. 그런 상황이었던 게 아닐까요. 집에는 전화할 수 있지만 당신에게는 할 수 없는. 아버지라면 그럴 수 있잖아요."

여자가 소타를 노려보았다.

소타가 앞장서서 걸었다.

뒤를 돌아보니 여자는 잘 따라오고 있었다. 소타가 찻집에 가자고 했다. 잠시 얘기 좀 할까요, 했더니 여자가 순순히 고개를 끄덕였다. 뒤가 켕겨서인지 아니면 아까 소타가 한 말을 의심하고 진상을 파헤쳐보려는 속셈인지. 어쨌거나 아버지 일로 이 여자를 좀더 납득시켜야 한다. 소타는 그렇게 생각하면서도 자신의 목적은 이게 아닌 것 같기도 하고, 이러는 게 위험을 줄이는 건지 키우는 건지도 모르는 채, 역 앞 작은 찻집의 문을 열었다.

둘은 구석진 자리에 앉아 마주본다. 점원이나 드문드문 있는 손님들에게 부부처럼 보일지도 모르겠다고, 소타는 슬쩍 생각했다. 아니, 그렇게는 안 보이려나. 아버지에게 안 어울리는 만큼 자신과도 어울리지 않는다. 가까이서 보니 여자는 훨씬 미인이었다.

"내가 새 파는 가게에 있을 거라고, 다쿠토 씨가 당신에게 말했나요?" 여자는 주문한 레몬스쿼시가 나오기를 기다렸다가 그렇게 말했다.

"아뇨. 내가 새 가게에 있던 건 우연이에요." 소타는 마시고 싶지도 않은 커피를 홀짝였다.

"거짓말이죠."

"거짓말 아니에요. 나도 새 가게를 좋아하거든요. 당신이 있어서 깜짝 놀랐어요."

"다쿠토 씨와 미팅이 있었어요."

"미팅, 이라고요."

소타의 말투가 공격적이고 심술궂어진다. 이 여자를 미워하는 게 지금 이 상황에서 할 수 있는 가장 단순하고 간단한 일이었기 때문인지도 모른다.

"출판사 사람이라는 건 진짜려나."

"사실이에요."

"회사 이름은요?"

"말할 필요 있나요?" 여자는 넌더리 난다는 표정으로 말했다. "말해도 어차피 모를 거면서. 의미 없잖아요."

"나도 소설을 쓰고 있거든요." 생각지도 않았던 말이 소타의 입에서 불쑥 나왔다. "문예지 신인상에 응모한 소설이 일차 예선을 통과했다네요…… 어제 들은 얘기지만."

'뭐지, 지금 무슨 말을 하려는 거야.' 소타는 자신이 한 말에 대한 이유를 찾기라도 하듯 여자의 얼굴을 쳐다보았지만 여자도 어이가 없다는 듯 시선을 피하지 않고 되받아쳤다.

"난 아무 도움도 못 되는데요."

"그런 얘기를 하는 게 아니라고요."

그럼 뭔데? 하는 얼굴로 여자는 잠자코 있었다. 모멸하는 기색을 역력히 드러내는 듯한 그 얼굴을 향해, 당신 애인은 죽었어, 엄마가 죽었다고, 소타는 마음속으로 말했다. 다만 그렇게 해본들 자신이 알고 싶은 걸 조금이나마 알게 되는 것도 아니다.

휴대폰 벨소리가 울렸다. 소타는 도키코한테 걸려온 걸 확인하고 튀어오르듯 자리에서 일어났다. 가게 밖으로 나와 전화를 받는다.

"뭐하고 있는 거야?"

"여자가…… 여자가 와 있어."

소타는 격분한 누나에게 여자를 만나게 된 경위를 더듬더듬 설명했다. 이유는 모르겠지만 새삼스레 목소리가 떨려온다.

"지금 같이 있다는 거지? 잠깐만 기다려."

도키코가 휴대폰을 어딘가에 올려둔 모양이다. 거기서 조금 떨어진 곳에서 누나들과 엄마가 의논하는 기척이 느껴진다. 그리 오래 걸리지 않아 도키코가 다시 전화를 받았다.

"이쪽으로 데리고 와."

"어?"

"아버지가 돌아왔다고 하든지 적당히 둘러대서 그 여자를 집으로 데려오라고."

"하지만…… 위험하잖아. 아니 그것보다, 왜?"

"잔말 말고."

도키코의 목소리는 이미 차분하게 가라앉았고, 소타는 자신의 목소리뿐만 아니라 다리까지 떨리기 시작했음을 느꼈다. 창문 너머로 가게 안을 엿본다. 여자는, 엄마에게 살해된 아버지의 애인은, 발돋움하듯 몸을 쭉 펴서 이쪽을 보고 있다. 기대로 가득 찬 얼굴. 분명 아버지한테 걸려온 전화라고 생각하는 것이다.

5, 6회

둘이 온 여자 손님이었다.

겉보기로는 서른 살쯤 되어 보이는데 열대여섯 살 소녀들처럼 신나게 떠들고 있었다. 간간이 들려오는 대화 내용으로 보아 한 명은 주부, 다른 한 명은 독신이라는 걸 알 수 있었다. 어디선가 식사를 하고 아직 못다 한 얘기가 남아 이 가게에 들른 것이리라. 둘 다 근처에 사는 듯한데 처음 보는 손님들이었다. 히라쿠에서 술을 마실 것 같은 여자들은 아닌데, 그 점은 본인들도 잘 알지만 모험심이 약간 발동한 모양이다. 둘 다 조금 취해 있었다.

밤 10시를 조금 넘겼을 때, 가게에는 남자 단골손님 두 명이 더 있었다. 혼자서 훌쩍 들어왔다가 아는 사람을 발견하고 시시껄렁한 얘기를 나누다 집에 가는 남자들이다. 그리고 아버지도

와 있었다. 카운터석 입구와 가까운 끝자리에 이 안에서 가장 가게와 관계없는 인간인 것처럼 앉아서 대학노트에 열심히 뭔가를 쓰고 있었다. 앉은 순서는 끝에서부터 아버지, 단골손님, 여자들 순이었으므로 여자들은 요리하는 엄마 바로 앞에 있었다. 도키코는 에어컨 온도를 낮췄다. 그날 밤에만 두번째였다. 최대한 불에서 떨어진 자리에 있어도 땀이 엄청 났다.

아마 취해서 그랬겠지만 이미 식사를 마쳤음에도 여자들의 식욕은 왕성했다. 자기들의 그런 모습에 깔깔대면서 채소절임, 구운 가지, 달걀말이에 게살 슈마이를 먹고 프라이드치킨까지 주문했다. "닭튀김이 아니라 프라이드치킨이라고 하니 더 맛있어 보이네요." 결혼하지 않은 여자가 엄마에게 말을 걸었고, "굵은 매직펜으로 한자를 쓰기가 불편해서요" 하고 엄마는 대답했다. "꺄하하하. 너무 웃기잖아요, 이유가." 웃음소리에 맞춰 여자들의 상반신이 크게 흔들렸고, 어쩐지 좀 위태위태하다고 도키코는 그때부터 어렴풋이 느끼고 있었다. 하기야 도키코가 우려하는 대로 둘 중 한 사람이 화장실에서 기절하거나 의자에서 미끄러져 떨어지거나 그 어떤 처참한 꼴이 돼도 책임 소재는 여자들 쪽에 있겠지만.

환기 팬이 많이 낡고 이상한 소리도 나길래 슬슬 교체해야겠다는 얘기가 나온 참이었다. 키친타월을 벽에 걸어두는 홀더도

망가져서 아버지가 철사를 구부려 그럴싸하게 만들어주었고, 가스레인지 바로 옆 벽면에 그걸 달았었다. 마침 그 자리에 알맞은 타공판이 있었다. 도키코는 그걸 화구 멀리에 다시 달아야 한다는 말도 했다. 소망하는 일이든 불길한 예감이든, 실현되더라도 보통은 둘 중 어느 한쪽일 텐데 그때는 두 가지가 동시에 일어났다. 환기 팬의 먼지에 불이 붙어 떨어졌고 닭을 튀기고 있는 기름에 들어가 순식간에 솟아오른 불길이 키친타월에 옮겨붙었다.

거기까지는 그나마 괜찮았다. 나쁜 일은 세 가지가 겹친다더니 그 세번째는 아버지였다. 아버지는 의자를 박차고 달려와 주방에 비치된 소화기를 사용했는데 소화제를 살포하는 방식이 마구잡이고 난폭한 탓에 기름이 여기저기 튀면서 독신 손님의 오른쪽 뺨에도 잔뜩 묻게 됐다. 키친타월이 타서 검댕이 되고 그 뒤에 있던 타공판이 그을렸을 뿐 화재로 이어지진 않았다. 사방으로 튄 기름과 소화제로 주방과 손님석 일부가 처참한 꼴이 됐지만 그보다 여자 손님이 입은 화상이 큰일이었다. 엄마가 구급차를 부르라고 했으나 도키코는 전화를 걸 수 없었다. 화상을 입지 않은 여자가 울부짖는 소리와 지독한 냄새 때문에 구역질을 참을 수 없었기 때문이다. 화장실에서 나오자 엄마가 구급차를 부르고 있었다.

그게 바로 지난주 금요일 일이었다.

여자는 아직 입원중이다. 화상은 2도와 3도 사이라고 하는데, 지금은 연고 같은 약을 바르고 감염을 방지하면서 새 피부가 잘 재생하는지 경과를 관찰하는 단계인 모양이다. 기름이 튄 범위가 그다지 넓지 않고 머리카락으로 문제없이 가려지는 부분이기도 해서 가령 흉터가 남더라도 그리 비관할 일까진 아닐 것이다. 그렇게 생각하는 이유는, 우리끼리 몰래 하는 말이지만, 사실상 화상 입은 여자가 매일 번갈아가며 병문안을 가는 도키코와 엄마에게 엷은 미소를 지어줄 정도로 회복됐기 때문이다.

느낌이 안 좋은 건 오히려 친구인 주부 쪽이었다. 늘 병실에 와 있는지 도키코도 엄마도 그녀와 우연히 마주치는 확률이 높은데, 그럴 때마다 노려보거나 기분 나쁜 말을 하곤 한다. 어째서 장본인이 오지 않느냐고 한 적도 있다. 아버지를 말하는 것이다. 뭐 당연하게도 그 여자가 빽빽거리는 건 우정에서 비롯된 게 아니라 불행하기 때문일 테다. 불행이 아니라면 무료함. 또는 불행과 무료함. 그건 주부라는 존재에 대해 도키코가 삐딱한 마음으로 품고 있는 이미지이기도 하다. 그리고 불행과 무료함은 일란성쌍둥이 같은 게 아닐까 생각한다. 도키코는 자신이 불행하다고 여기는데, 매일 엄마의 가게를 도와 바쁘게 일하고 있음에도 무료하다고 느끼는 때가 있기 때문이다.

어제부터 8월이 시작됐다.

장마철의 후텁지근함은 그대로인 채 기온이 쑥쑥 오르고 있다. 이날은 식재료를 매입하러 가지 않아 도키코는 아침 8시에 일어났다. 벌써 땀이 흥건하다. 방에는 에어컨이 없다. 부모님이 사는 옆집과 마찬가지로 2층에 실외기를 둘 수 없기 때문이다. 독립적으로 공간을 나눈 점포주택 2층에서 부모님이 한 칸을 쓰고 있다. 현재 도키코가 생활하는 칸에서 과거에 여동생 아야코와 남동생 소타도 함께 지냈는데, 둘이 차례차례 나가고 지금은 가게 창고 겸 도키코의 단독 주거 공간이 되었다.

도키코는 좁은 욕실에서 물만 뿌려 샤워한 뒤 선풍기 바람을 맞으며 이온음료를 페트병째 마셨다. 땀은 조금도 가시지 않고 움직일 때마다 새로 땀이 송송 뿜어져나오는 것 같았다. 서른 살이라…… 도키코는 생각한다. 그건 화상 입은 여자와 그 친구의 나이지만 도키코에게는 십 년도 전이다. 이 집을 제일 처음 나간 건 소타였고, 아야코가 스물여섯 살에 결혼하면서 도키코가 혼자 남게 됐을 때가 그 나이였다. 자신도 앞으로 반년쯤 지나 이곳을 나갈 거라고, 그때는 생각했었다.

그만 마시고 싶어진 이온음료를 억지로 다 비우자 속이 메슥거렸다. 몸 상태가 안 좋은 건 어떻게 해도 감출 방법이 없다. 엄마는 입덧이 약했다고 했는데 자신은 심한 경우인가보다고 도키코는 생각한다. 하기야 이대로 임신을 지속하면 차츰 약해질지도 모르지만. 도키코는 화장실에 가서 마신 만큼의 액체를 토해낸 뒤 자신의 몸이 소모되는 걸 화를 내는 방식으로 인정하진 않겠다고 생각하며 방으로 돌아와 전화번호부를 뒤졌다. 병문안을 다니는 병원에도 산부인과는 있지만 당연히 그쪽으로 갈 순 없다. 아는 사람을 만날 위험이 없는, 그리고 아직 가본 적 없는 산부인과를 찾아야 한다.

나 임신하고 싶어. 진짜로 임신하고 싶다고.

언젠가 가게에 왔던 손님이 큰 소리로 연거푸 말한 적이 있다. 아직 이십대 초반으로 보이는 여자였고, 비슷한 또래의 남녀 셋이서 카운터석에 앉아 있었다.

여자는 장거리 연애중인데 아이만 생기면 애인과 함께 살 수 있는 모양이었다. 술에 취해 자기제어가 안 되는 상태에서 하도 임신, 임신, 하고 거리낌없이 떠들어대 다른 손님들이 죄다 질색했었다. 그런 분위기를 눈치챘는지 "아이는 너무 귀엽잖아, 난 아이가 생기면 분명 죽을 만큼 귀여워할 거야"라며 미묘하게 궤도를 수정한 건 그야말로 코미디였다.

병원에서 돌아오는 길, 숨을 가쁘게 내쉬며 비탈길을 오르는데 그 여자의 말투와 말을 내뱉은 다음 주위를 힐끔힐끔 살피던

눈빛 같은 게 왠지 모르게 떠올랐다. 조약돌처럼 쏟아져내리는 매미의 울음소리가 그 여자의 요란함을 닮았기 때문인지도 모르겠다. 도키코가 찾아낸 곳은 전철로 세 정거장 떨어진 동네의 산부인과 의원이었다. 전화번호부로 그 병원이 긴 언덕 아래에 있다는 것까진 알 수 없었다.

병원은 낡지도 새롭지도 않은 깔끔한 곳이었고, 언제나 그렇듯 간단한 일이었다. 문진, 촉진, 낳을지 말지를 물으면 낳지 않을 거라고 답하고, 중절 수술 날짜를 예약한다. 다만 이번에는 진찰실에 들어가기 전, 간호사에게 받은 문진표를 작성하면서 중절 경험 횟수를 쓰는 칸에서 볼펜 쥔 손이 멈춰버렸다. 도키코 스스로도 깜짝 놀랄 만큼 타격이 컸다.

5회였는지 6회였는지 생각나지 않았기 때문이다. 기억을 못할 정도로 아이를 여러 번 지웠다는 사실에 도키코는 새삼 충격을 받았다. 열아홉 살에 처음 남자와 잔 이후로 교제한 사람이 현재 만나는 상대를 빼고 일곱 명이라는 건 기억한다. 임신하지 않은 적도 있지만 한 남자의 아이를 여러 번 임신한 적도 있었다. 임신을 알렸을 때 남자들이 저마다 어떤 반응을 보였는지 또렷이 기억하지만, 누구와 몇 차례 그랬는지는 이제 가물가물했다.

언덕 중간에서 커다란 느티나무 그늘 아래 공중전화 부스가 있는 것을 보고 도키코는 불쑥 그 안으로 들어갔다. 마쓰바라 나루토시에게 전화를 걸었다. 그에게 전화를 거는 건 경솔한 행동이라 더더욱 그럴 생각이 없었지만.

"오호, 도키코구나."

회계사인 나루토시는 집 옆에 사무실을 차린 터라 낮에 전화하면 언제든 본인이 받는다. 그리고 도키코가 언제 전화하든 꼬리를 흔드는 강아지처럼 기쁨을 감추지 않는다.

"안 그래도 목소리를 듣고 싶던 참이었어. 오늘은 일정이 있는데 내일쯤 어때? 가게로 가도 될까?"

"저기, 미안"이라는 말로 도키코는 나루토시의 말을 가로막았다.

"나, 임신했어."

이 사람한테는 말하지 않으리라 결심했던 걸 단번에 내뱉었다. 타격이 컸던 탓이다. 나루토시가 숨을 죽이고 있는 기색이 전해져온다.

"괜찮아, 지울 거니까. 다만 컨디션이 좀 안 좋아서 당분간은 못 만날 것 같아. 그 말을 하려고 전화한 것뿐이야."

"자, 잠깐. 잠깐만." 나루토시가 평소답지 않게 힘을 준 목소리로 말했다. "만나서 제대로 얘기하자. 전화로 끝낼 만한 일이 아니잖아? 내일 갈게. 가게가 아니어도 괜찮아, 끝날 때까지 다른 데서 기다릴게."

"무슨 얘기를 하자는 거야?"

"무슨 얘기라니, 당연히 아기 얘기지. 지운다느니, 혼자서 마음대로 결정하지 말아줘."

"당연히 지울 수밖에 없잖아."

"아냐. 아직 결정된 거 아냐."

도키코는 내일 다시 걸겠다고 약속하고 전화를 끊었다. 나루토시와 만나거나 대화를 하면 매번 만족감과 짜증을 동시에 느꼈다. 나루토시는 어떤 순간이든 도키코가 듣고 싶은 말을 해주지만, 그럼에도 도키코는 그가 그녀에게 열중하는 만큼 그를 좋아할 수 없기 때문이다.

전화기 걸이에 내려둔 수화기를 잠시 노려본 뒤 도키코는 전화를 한 통 더 걸었다. 이번이 중요했고, 걸고 싶은 전화이기도 했다. 연결음의 횟수를 세면서도 한편으로 마음은 일찌감치 절망을 예감하고 위축됐다.

"아유, 안녕하세요."

미하라 유지는 작은 광고회사 영업부에 근무한다. 연결해달라고 요청한 뒤 본인이 전화를 받기까지 꽤 기다려야 했다. 그마저 자리에 없는 경우가 많고, 있으면서 없는 척을 할 때도 분명 많은데 이날은 운이 좋다고 할 수 있다.

"어쩐 일이시죠?"

이렇게 남을 희롱하듯 얕잡아 보는 유지의 태도는 주변에 사람이 있고 없고와 상관없다. 말 한마디 한마디로 자신과의 관계를 인식시키려는 거라고 도키코는 생각한다. 그래서 "딱히 용건이 있어서는 아니고" 하고 말해본다.

"한동안 못 만났잖아, 어떻게 지내나 해서. 오늘이나 내일 만날 수 있어?"

임신 사실은 그야말로 유지에게 전해야 하는 것이었다. 나루토시와 유지, 둘 다와 잤지만 아이 아빠는 틀림없이 유지일 터였다. 확실하게 피임하지 않은 건 그쪽이니까.

"영 바쁜데." 유지가 단호하게 대답했다. "조만간 전화하지, 내가."

"할 얘기도 있어."

"뭔데? 지금 말하지?"

유지가 짜증을 내기 시작했다는 걸 도키코는 알 수 있다. 그렇다기보다 도키코와 있을 때 유지는 대체로 짜증이 난 것처럼 보인다. 섹스할 때를 제외하고는. 만난 지 얼마 안 됐을 때는 그렇지 않았다. 선술집을 하는 여섯 살 연상의 여자라는 점에 솔깃했을 것이다. 그러고는 순식간에 질려버린 거겠지.

"아니야, 다음에 할게. 일하는 중에 미안."

도키코는 그렇게 말하고 전화를 끊었다. 더 전화를 걸 상대는 없었지만 그러고 있으면 누군가, 최선의 누군가가 생각나기라도 할 것처럼 공중전화 부스 안에 우두커니 서 있었다. 그러고서 문을 열고 밖으로 나갔다. 밖에 나갈 수 있다는 게 몹시 묘하게 느껴졌다.

오후 5시, 가게 앞에 물을 뿌리고 있는데 아야코가 무시무시한 얼굴로 찾아왔다.

"삼십만 엔 달래."

아직 개점 전이라 카운터석에 앉아 있는 건 소타뿐이다. 여전히 돈이 궁한지 아까 어슬렁어슬렁 나타나선 엄마를 졸라 만들어달라고 한 쇼가야키동*을 먹고 있다. 불에 타서 눌은 타공판을 교체했더니 주방에서 그 부분만 하얗다. 새 홀더를 살 때까지 키친타월은 서랍에 넣어두기로 했다. 환기 팬은 분해 청소를 해서 아직 사용하고 있다.

"그 여자, 최악이야. 그 백수 말이야. 그 여자가 부추겨서 그렇게 말하게 하는 거야. 입원비랑 위자료로 삼십만 엔이래. 수술도 안 했는데?"

아야코는 카운터석 한복판 자리에 앉아 다리를 크게 차올리며

---

* 생강 양념에 절인 돼지고기를 구워서 올린 일본식 덮밥.

반대쪽으로 꼬았다. 무릎 위 길이의 빨간색 기하학무늬 원피스도, 색깔을 맞춘 빨간색 샌들도 싸구려겠지만 아야코의 화려한 이목구비에 잘 어울려 요염하게 보인다. 이날 도키코는 '밀린 집 안일을 정리하고 싶어서' 병원에 가지 않기로 했었는데 대신에 아야코가 갔던 모양이다.

수술은 안 해도 되고 흉터는 거의 남지 않는다는 것 같다. 하지만 백수인 여자가 "거의 남지 않는다는 건 조금은 남는다는 뜻이잖아요"라고 말했다고 한다. "흉터가 얼마나 남을지 알게 될 때까지 기다리는 동안 그 정신적 부담이라는 게 상당한 법이라고요"라고도.

아야코는 그 여자를 '주부'라고 하지 않는구나, 도키코는 요점에서 벗어난 생각을 했다. 자기 자신이 주부라서 그런 게 분명한데, 그럼 아야코의 눈에는 그 여자들이 어떤 식으로 비치는 걸까.

"수술 안 해도 돼서 다행이네."

누카도코*를 뒤섞고 있는 엄마가 역시나 요점에서 벗어난 감상을 말했다. 아야코는 미간을 찌푸리며 엄마를 힐끔 쳐다보고는 "삼십만 엔이라는 게 어떻게 나온 숫자야? 장난하냐고" 하고 도키코를 향해 말했다.

---

* 쌀겨에 물과 소금을 넣어 발효시켜 만드는 장류.

46

"잘못 들은 게 아닐까?"

도키코가 대답하기도 전에 엄마가 말했다. 아야코는 "잘못 들은 거 아니야"라고 즉각 받아쳤다.

"실제로는 받을 생각이 없는 게 아닐까 싶은데. 감정이 누그러들지 않아 괜히 겁만 주는 게 아닐까."

엄마는 태평한 투로 그렇게 말했고, 이번에 아야코는 그 말을 무시했다.

"삼십만 엔이나 되는 돈을 어떻게 내냐고. 이런 일은 어디 소송할 수 없나?"

"소송하면 우리가 불리하지." 소타가 처음으로 말을 꺼냈다.

"아니 그것보다, 아야코 누나 때문에 그런 거 아냐? 이상하잖아, 오늘에서야 갑자기 삼십만 엔 어쩌고 하다니. 누나가 뭔가 도발하는 말을 한 거 아니냐고."

"아무 말도 안 했어. 병문안 선물로 수박도 한 통 들고 갔단 말이야. 쪼그만 거 말고 실하고 큼직한 걸로, 무거웠다고. 근데 소타, 넌 뭐 하나 도움도 안 되는 주제에 말로만 참견하지 마."

"내라면 내야지 별수 있나."

입을 다물어버린 남동생 대신 도키코가 대꾸했다. "어떻게 낼 건데?" 하고 아야코가 되물었지만 도키코는 대답하지 못한 채 가게 안이 조용해졌다. "아버지는 어딜 가셨다니" 하고 중얼거리는 엄마의 말이 안개처럼 실내에 퍼졌다. 가족에게는 익숙한 안개였다. 문제를 모호하게 만들고 처리를 뒤로 미루면서 한편으로는 가족을 기묘하게 단결시키는 효과가 있는데, 모든 게 이 안개 때문인 것처럼 여겨질 때가 있다. 삼십만 엔이 청구된 것도. 다섯 번인지 여섯 번인지 기억 못할 만큼 낙태를 했는데 아직껏 자신이 히라쿠의 2층에서 나가지 못하는 것도.

아야코와 소타는 가게가 복작거리기 시작하는 저녁 7시 전에 집으로 돌아갔고 아버지는 7시 넘어서 나타났다. 아버지가 닫고 들어온 문이 곧바로 다시 한번 열리더니 나루토시가 들어왔다. 도키코는 울컥 화가 났다. 자신을 만나기 위해 이날 밤 잡혀 있던 일정을 취소했을 것이다. "어머나 마쓰바라 씨, 어서 와요." 오징어를 튀기고 있던 엄마가 사근사근하게 웃어주자 나루토시는 허겁지겁 이쪽으로 왔다. 그는 "안녕하세요" 하고 엄마에게 가볍게 인사하고 의자에 앉은 뒤, 최대한 튀김냄새와 멀어지기 위해 가게 안쪽에서 작은 그릇에 오크라*를 나눠 담고 있던 도키코 쪽으로 일부러 고개를 쭉 빼고 끄덕거린다.

"어이."

---

* 고추와 비슷하게 생긴 아욱과 채소.

입구 쪽에 앉아 있던 아버지가 한 손을 올리자 나루토시는 그제야 알아챘다는 듯 황급히 일어나 "안녕하세요, 실례하고 있습니다" 하고 이상한 인사를 했다. 도키코는 속으로 한숨을 내뱉었다. 아무도 말은 없지만 나루토시의 태도 때문에 원래 단골이던 그가 도키코와 사귀는 걸 벌써 가족 모두 눈치챈 게 분명했다.

　"잘 지냈어요?"

　엄마가 다시 한번 말을 걸자 나루토시는 "네, 네" 하고 목만 까딱거리는 장난감처럼 고개를 끄덕이면서 여전히 도키코 쪽만 보고 있다. 까만 뿔테 안경 너머로 작은 눈이 글썽글썽한 것처럼 보인다. 여름 내내 도키코가 싫어하는 반소매 와이셔츠만 입는 중이다. 나이는 도키코와 같은 마흔 살이고, 네 살 연하의 아내와 열두 살인 아들이 있다.

　썩어가는 과일처럼 밤이 깊어졌다. 부자연스러워 보이리라는 건 알지만 그로부터 두 시간 남짓 도키코는 나루토시와 말은 고사하고 눈도 마주치지 않았다. 실은 온 힘을 다해 메스꺼움을 참느라 여유가 없었고, 참다못해 화장실에 갈 때마다 노골적으로 걱정스러운 듯 돌아보는 나루토시에게도 화가 솟구쳤다. 자신이 만나고 싶어하지 않는다는 걸 이 사람은 왜 모르는 걸까. 연락할 때까지 내버려뒀다면 지금보다 조금은 그한테 마음이 기울었을지도 모르는데.

이번이 몇 번째인지도 모르게 화장실에서 나오자 문밖에서 아버지가 기다리고 있었다. 기다린 건 본인이면서 정작 딸을 보더니 흠칫 놀란 얼굴을 했다가 그걸 얼버무리려고 "오줌, 오줌" 하며 발을 동동거렸다. 도키코는 문득 자신이 임신했다는 걸 아버지는 눈치챘을지 모르겠다고 생각했다. 아버지만이 아니라 엄마도. 아야코와 소타도. 임신한 사실뿐만 아니라 이번이 대여섯번째라는 것도. 다른 누구보다 아무것도 모르는 사람은 나루토시인지도 모르겠다.

아버지는 화장실에서 나오더니 마침 막 자리가 빈 나루토시의 옆에 앉았다. 나루토시보다는 도키코에게 마음을 쓰는 듯했다. 도키코는 별 의미도 없이 냉장고를 열어 몸을 웅크리고 채소칸을 뒤져보는 시늉을 했다. 염치없고 무책임하며 원하는 대로 하고 사는 아버지가 가족에게 가끔씩 보여주는 이런 배려가 날카로운 가시 같았다. 아주 호되게 찔러대는 기분이 든다. 대책 없는 아버지의 가장 대책 없는 점이 바로 이런 배려심이나 자상함을 아주 눈곱만큼 지녔다는 게 아닐지 도키코는 생각했다.

"뭘 쓰시는 거예요" 하고 나루토시가 말했다. 아버지가 자리를 옮겨 와서도 여전히 옆에 놔둔 노트에 대해 물은 것이다. 알고 싶어서가 아니라 어떻게든 화제를 끄집어내보려고 묻는 게 뻔히 보였으나, 아버지는 어린아이가 하듯 재빨리 노트 위로 몸을 덮어 비밀, 하고 대답했다. '비밀'이라는 단어가 아버지의 입에서 나오니 가벼운 종잇장 같은 감촉으로 다가온다. "가지 맛있지?" 하고 아버지가 나루토시에게 물었다. 언제나 성실함과 거리가 먼 사람이라 오히려 무슨 말을 해도 일부러 꾸민 듯한 느낌이 들지 않는다.

도키코는 일어나서 엄마를 보았다. 이것도 가끔 있는 일인데, 갑자기 무슨 소리라도 들린 것처럼 자연스레 고개가 그쪽을 향하곤 했다. 엄마는 냄비를 닦고 있었는데, 눈길은 아버지를 좇았다. 아예 아버지에게 마음이 이끌린다는 듯 입가에 엷은 미소를 띠고 있었다. 예쁜 옆얼굴이었다. 아버지를 바라보는 엄마는 언제나 참 아름답다고 도키코는 느꼈다.

결국 아버지는 나루토시 옆에 오 분도 채 앉아 있지 않고 원래 자리로 돌아갔다. 그것 또한 아버지다운 면이다. 나루토시가 당황해서 아버지에게 임신 사실을 얘기하는 게 아닐까 싶어 도키코는 조마조마했는데, 실제로 조금만 더 아버지와 어울렸다면 말할 생각이었던 것 같다. 도키코에게 그렇게 털어놨다. 이날 밤, 자정이 지나고 난 다음의 일이다. 나루토시는 10시경까지 버티다 가게를 나갔는데, 도키코가 가게문을 닫고 방으로 돌아오자마자 전화가 울렸다. 근처 심야 카페테리아에서 시간을 죽이고 있었던 모양이다. 나루토시가 도키코의 방으로 오게 됐다. 도키코는 자신이 너무 피곤해서 그를 오게 했던 거라고 생각했지만, 냉정하게 돌려보내지 않은 데는 다른 이유도 있었는지 모른다.

"나 결심했어."

나루토시가 말했다. 문을 열자마자 도키코를 향해 돌진해 꽉 끌어안았다가 마침내 몸을 떼어낸 뒤 지금은 납작한 도키코의 배를 바라보면서.

"우리 아기를 없애지 않았으면 좋겠어. 결혼하자."

"결혼은, 당신이 이혼하지 않는 이상 불가능해."

도키코는 얄밉게 말했지만 내심 놀라기도 했다. 도키코에게 구애할 때 결혼생활이 파탄 났다는 걸 이유로 드는 기혼자는 지금껏 몇 명 있었지만, 이렇게 "결혼하자"라고 분명하게, 모호한 단어를 덧붙이지 않은 말을 들은 건 처음이었다.

"이혼할 거야. 내일 아내에게 말할게. 좋아하는 여자에게 내 아이가 생겼다고."

나루토시는 한 마디씩 한층 더 분명하게 말했다. "정말?" 도키코는 저도 모르게 되묻고는 자신이 낸 목소리에서 매달리는 듯한 여운이 느껴져 스스로도 놀랐다. "정말이지." 나루토시는 힘주어 대답했다.

아버지의 노트 표지는 빨간색이었다. 생김새는 지극히 평범한 대학노트였는데 어딘가 조금 독특했고 세련되기도 했다. 젊은 여자가 좋아할 법한 노트지만 아버지에게도 묘하게 어울린다. 분명 동네를 어슬렁거리다 우연히 눈에 띄었고 보자마자 마음에 들었을 것이다.

노트는 어젯밤 아버지가 가게 화장실 안에 놔두고 잊어버린 것이었다. 작은 창문틀에 비스듬히 세워놓은 걸 마지막으로 화장실을 사용한 도키코가 발견했다. 뒷정리가 거의 마무리됐기에 엄마는 도키코에게 문단속을 맡기고 먼저 2층으로 올라간 상태였다. 그보다 일찍 가게를 나간 아버지가 집에 돌아왔는지 아닌지는 모르지만, 어쨌든 아침에 부모님 방에 가져다놓으면 될 거라고 생각했다.

노트를 가져다주기 전에 왜 그걸 펼쳐서 읽고 말았는지는 모르겠다. 아버지가 뭘 쓰든 관심 따윈 없었는데. 애초에 왜 화장실 같은 데서 잃어버리고 갔는지, 거기서부터 생각하기 시작하자 모든 게 계획된 일 같다는 예감도 들었다. 어제 나루토시에게 프러포즈를 받은 것도. 처음으로 그가 집으로 가지 않고 자신의 방에서 밤을 보내고, 아침에 아내에게 모든 걸 말하겠다고 다시 한번 굳게 약속한 뒤 수줍어하며 키스하고 출근한 것도. 이미 신혼 새댁이라도 된 듯한 기분으로 나루토시를 배웅한 자신을 어이없어하면서 신발장 위에 놓아둔 빨간색 노트에 문득 눈길이 머문 것도.

　아버지가 쓰고 있던 건 소설이었다. 어쩌면 노트를 사는 것과 동시에 이번에는 소설가를 목표로 하리라 정했는지도 모르겠다. 의외로 반듯하고 읽기 좋게 각진 작은 글자로 이미 다섯 페이지 정도가 빽빽하게 채워져 있었다. 도키코는 어떤 소설이 좋고 나쁜지 알진 못했지만, 졸작인지 명작인지는 제쳐두고 우선 그게 이른바 '사소설'적인 것임은 알 수 있었다. 주인공 '나'에게는 아내와 자식 셋이 있었다. '나'는 따분함을 느끼는 듯했다. 그 따분함이 앞으로 어디를 향할지는 아직 알 수 없었다. 다섯 페이지에 걸쳐 쓰인 건 '나'의 현재 상태였고 그중에는 가족에 관한 것도 있었다.

　무엇이든 다 허용해주는 아내. 어리바리한 장남. 현실적인 차녀. 음침한 장녀. 간추려 말하자면 그런 가족이었다. 적어도 도키코의 독해력으로는 그렇게 읽혔다. 각자의 성격을 묘사하기 위한 에피소드가 쓰여 있었다. 도키코에게는 전부 사실이라고 생각되는 것들이었다. 가정을 거의 돌보지 않는 아버지가 가족에 대해 이렇게나 알고 있다는 건 의외였다. 이를테면 아버지는 도키코가 사귀는 남자들 대다수가 기혼자란 사실을 알고 있었다. 대개는 양다리를 걸치는 것도, 대개는 양다리를 당하는 것도 알았다. 물론 실명이 아니고 프로필도 약간 바뀌었지만 나루토시나 유지와 비슷한 남자도 적혀 있었다. 도키코는 어느 한 문장을 반복해 읽었다. "이 방탕한 딸은 한 번도 남자를 사랑한 적이 없다. 그저 달리 할일이 없는 것뿐이다."

도키코는 노트를 다 읽고 방에서 나갔다.

정오가 되기 조금 전이었다. 오늘도 병문안은 못 갈 듯하다. 전화해서 자신이 없다는 걸 알면 엄마가 갈지도 모른다. 아니면 오늘도 아야코가. 그래서 삼십만이 오십만으로 껑충 뛰든 말든 알 게 뭔가. 화상 입힌 사람은 아버지니까 돈도 본인이 마련하면 될 일이다.

행선지는 처음 가는 곳이었다. 한 번도 가볼 생각은 안 했지만 주소만 몰래 알아두었다. 옆 동네 10층짜리 아파트의 맨 꼭대기. 유지는 독신이니 금요일 밤이면 도키코를 만날 마음은 없더라도 다른 누군가와 유흥을 즐길 것이다. 지금쯤이면 아직 자고 있을 테다. 어쩌면 여자와 함께.

간선도로변에 자리해 편의만 좋아 보이는 무미건조한 건물. 자동잠금 시스템이 아닌 건 다행이었다. 도키코는 엘리베이터에서 내려 목적지인 문의 초인종을 연달아 눌렀다. 전화를 걸었을 때와 마찬가지로 기다려야 했지만 문은 열렸다. 자다 일어나 반쯤 감긴 유지의 눈이 도키코를 보자 동그래진다.

"뭐야? 웬일이야? 어떻게 우리집을 알아?"

도키코는 좀 재밌어졌다. 유지가 자기 앞에서 이렇게 동요하는 모습을 보이는 건 처음이었으므로.

"할 얘기 있다고 했었잖아."

"그래서 전화로 듣겠다고 했잖아? 스토커같이 굴지 말라고."

화를 드러내는 유지의 얼굴을 향해 도키코는 "임신했어"라고 말했다. 이번에는 유지의 표정이 거의 바뀌지 않았다. 언짢은 얼굴 그대로 한숨 쉬듯 아아, 라고만 했다.

"대충 그런 일일 거라고 생각했어. 지울 거지? 돈이라면 낼게."

문은 바로 코앞에서 닫혔고 결국 집안에는 들어가지 못했다. 그래도 유지의 그 모습으로 미루어보건대 여자가 있지는 않았을 것이다. 도키코는 엘리베이터 안에서 그런 생각을 하고는 이 지경까지 와 그런 걸 신경쓰는 자신이 우스웠다. 돈을 받으면 그걸로 관계가 끝나는 게 뻔한데. 건물 바로 옆에 공중전화 부스가 있었고 도키코는 다음 부스가 나올 때까지 미뤄볼까 하는 생각을 떨쳐버리듯 안으로 들어가 나루토시의 사무실에 전화를 건다.

"응. 도키코."

몹시 황폐해진 마음에 촉촉하게 스며드는 목소리로 나루토시가 응답했다. 그래도 부족해, 나처럼 풀 한 포기 나지 않는 사막 같은 여자한테는. 도키코는 생각한다.

"역시 지우기로 했어."

도키코는 나루토시가 하는 몇 마디 말을 무시하며 "역시 당신 자식은 낳고 싶지 않아" 하고 이어서 말했다. 말로 표현하니 슬프게도 그 말이 진실임을 깨달았다.

"부인한테는 아직 아무 말 안 했지?"

나루토시는 오늘밤 얘기할 작정이었다고 말했다. 분명 그 말은 사실일 것이다. 사실이 아니더라도 이제는 상관없다.

"말할 필요 없어. 당신하고 결혼 안 할 거야. 그냥 돈만 부탁해."

전화가 끊어졌다. 나루토시 쪽에서 끊은 것이었다.

도키코는 엄마보다 먼저 가게로 가 빨간색 노트를 화장실 창가에 원래대로 돌려놓았다.

그리고 엄마가 오기를 기다렸다 화장실에 들어가 "이거 누가 놓고 간 물건 같아" 하며 노트를 가지고 나왔다. "어머, 그거 아버지 거야." 엄마가 덥석 노트를 받아든다.

"무슨 노트야?" 도키코가 물어보자 엄마는 글쎄, 하고 어깨를 추켜올렸다.

"아버지는?"

"글쎄."

엄마는 노트에 대해 물었을 때와 똑같은 제스처를 하며 살짝 웃었다. 아버지는 어젯밤에 그뒤로 집에 돌아오지 않은 모양이다.

아버지가 나타난 건 전날 밤과 비슷한 시간이었다. 어제와는 다르게 방금 산 듯한 알로하 셔츠를 입고 있었다. 가게는 그럭저럭 붐볐지만 아버지는 늘 앉는 자리가 비었는데도 주방 쪽으로 왔다. 그러고선 맥주를 달라고 한 뒤 엄마가 따라주는 술을 받으며 "십만 엔으로 됐어"라고 말했다.

"화상 입은 애한테 줄 돈 말이야, 십만 엔으로 줄었다고."

엄마는 "어머나" 하고 대꾸했고, 도키코는 "왜요?" 하고 물었다. "병문안을 갔었지" 하고 아버지가 대답했다.

"마침 그 대리인 같은 애도 와 있길래 대화를 했어."

"대화를 했다고요? 그 여자가 십만 엔으로 된대요?"

"진심으로 사과하고 우리 쪽 사정을 얘기했더니 그렇게 해줬어. 그런 여자한테는 열쇠 구멍 같은 게 있거든. 그걸 찾으면 되는 거야."

아버지는 아직 별로 줄지도 않은 잔에 맥주를 더 따랐다. 자신이 이룬 성과를 수줍어하는 듯한 태도에 도키코는 기가 막혔다. 그리고 엄마를 보았다. 엄마는 냉장고를 들여다보고 있었다. 역시 우리집 냉장고는 피난 장소답다고 도키코는 생각했다.

"그 열쇠 찾는 법 좀 전수해주십쇼."

아버지의 옆에 앉아 있던 남자가 말을 걸어왔다. 뜨내기손님이라 자세한 사정은 모를 테고 그저 아버지 말을 얼핏 듣고 흥미로워하는 것이리라.

사실 그건 도키코도 듣고 싶은 내용이었다. 그렇게 해서 열쇠를 찾고, 사용한 뒤에는 어떻게 매듭을 지어야 하는지.

"공짜로는 못 가르쳐주죠."

아버지가 그렇게 대꾸하자 "아, 그러고 보니 당신" 하고 엄마가 일어섰다. 손에는 빨간색 노트를 들고 있다.

"어제 이거 놓고 갔지?"

"아, 여기 있었구나."

"십만 엔으로 되는 거면 내가 낼게요."

도키코는 헛구역질을 도로 밀어넣듯 말을 꺼냈다. 두 남자에게 중절 수술비를 받을 수 있게 됐으니 그 일부를 쓰면 된다. 그런데 어째선지 아무도 말이 없고, 아버지는 적당한 대답이라도 찾듯 노트를 넘겼다.

믹 재거 놀이

햄집 주인이 죽었다는 소식을 들었지만 다쿠토는 쓰야*에도 장례식에도 가지 않기로 했다.

"사모님이 일부러 직접 전화까지 주셨는데."

아내 모모코가 그렇게 말했다. 이어서 "당신, 사이도 좋았잖아"라고도 했지만 그때는 이미 남편 대신 자신이 가게 되리라 체념한 표정이었다.

저녁이 되면 아래층 가게에서 굽고 튀기는 음식 냄새가 올라오는 다다미 여섯 장 크기의 방에 딱 하나 열린 창문으로 5월 끝자락의 상쾌한 바람이 들어온다. 너무 덥지도 않고 습기도 없는

---

* 장례식 전날 고인의 곁에서 하룻밤을 지내며 애도하는 의식.

기분좋은 날씨인데 아침 8시도 안 되어 날아온 부고에 강제로 일어나게 됐다.

"나, 장례식 싫어하는데."

모모코는 더이상 아무 말도 하지 않고 그저 그의 얼굴을 쳐다보았다. 식자재를 구입하러 시장에 갔다가 막 돌아왔을 때 전화가 울린 모양이다. 모모코는 가게에 나갈 때 기모노를 입지만 지금은 남자옷처럼 헐렁한 줄무늬 셔츠와 청바지 차림이다. 오십세를 넘긴 무렵부터 조금씩 새치가 보이기 시작한 머리는 기모노를 입을 때와 똑같이 작은 경단 모양으로 말아올렸다.

아래층에서 전화를 받고 다쿠토에게 소식을 전한 뒤에도 모모코는 그대로 방 입구에 멀거니 서 있었다. 다쿠토는 아직 이불 위에 일어나 앉기만 한 모습이었다.

"아, 그리고 오늘내일, 고객이 그림을 보러 올지도 몰라."

아내가 자리를 뜨지 않아 다쿠토는 입에서 나오는 대로 아무렇게나 말했다. 현재 그의 직업은 일러스트레이터로 되어 있지만 '고객'과 관련된 일은 이제껏 한 번도 없었다.

"아침밥 먹을 거면 내려와."

모모코가 마침내 아래로 내려갔다. 아무렇게나 해댄 말을 믿어서는 아닐 테지만 그런 건 신경쓰지 않기로 했다. 자신의 입에서 나오는 말 중 대부분은 아무 말이므로 일일이 신경썼다가는 못 해먹는다.

햄집은 동네 주택가 안에 자리한 작은 가게다. 가족들끼리는 햄집이라고 불렀지만 실제 상호는 클라인싱켄이며 독일식으로 제조한 가공육을 판매했다.

딱 이 년 전쯤 오늘처럼 날씨가 좋았던 날에 다쿠토는 자전거를 타고 어슬렁거리다 골목 중간에서 작은 독일 국기가 펄럭이는 걸 발견했다. 맛보기용으로 덩어리 햄을 삼백 그램 정도 사서 집에 왔더니 모모코가 대단히 마음에 들어했고, 그다음에는 둘이 걸어서 가게를 찾았다. 그때부터 알고 지낸 사이다.

콘드비프를 얇게 썰어 구운 것을 우리 가게 메뉴로 내놓기도 하고, 손님이 묻기에 가게 이름을 알려주고 햄집의 새 고객이 되게도 했다. 그렇게 교류가 깊어졌다. 구매한 양보다 덤으로 주는 게 더 많다며 모모코가 난감해했던 적도 있다. 부부 둘이서 운영했지만 가게 앞에 나오는 사람은 남편뿐이었고, 죽은 것도 그였다. 평소 지병은 없었는데 동맥류가 파열되어 손쓸 새도 없이 세상을 떠났다고 한다.

육십은 넘었을까. 벗어진 머리에 통통하게 살이 찐 동안의 영감이었다. 정말이지 대인관계에 서툴러 보이는 남자였지만, 왕래하는 사이에 조금씩 웃기도 하고 잡담도 하게 된 게 마치 야생

동물이 사람을 따르게 된 것 같아 재밌었다. 화분이 뒤죽박죽 놓인 입구 앞의 짧은 통로를 지나 작은 창에 체크무늬 커튼이 달린 문이 열리면 순간 영감은 세상 귀찮다는 표정으로 고개를 치켜들지만 손님이 다쿠토인 걸 알면 활짝 미소를 지었다. 모모코가 식자재를 사러 가는 것과 별개로 다쿠토도 내킬 때마다 방문해서 간으로 만든 페이스트나 그 자리에서 바로 먹을 수 있는 소시지 같은 것을 사 먹곤 했다. 고기를 포장할 때 잘 보이는 영감의 팔뚝은 가는 금갈색 털로 빽빽하게 덮여 있었고, 어떤 때는 그 털 속에 소시지 부스러기 같은 게 엉켜 있었다.

뭐야, 나 지금 꼭 여자처럼 추억하고 있잖아, 다쿠토는 생각한다. 일어나서 옷을 입었다. 그를 추억하고 있으니 장례식에 가야 할 것만 같은 기분이 들었지만 가고 싶지 않았다. 믹 재거[*]라면 가지 않을 것이다. 다쿠토는 문득 그런 생각이 들었다. 올해 3월 처음으로 일본을 방문한 믹 재거가 도쿄에서 무얼 하고 무얼 먹었는가 하는 기사를 며칠 전 잡지에서 잽싸게 훑어봤기 때문인지도 모르겠다. 믹은 다쿠토와 동년배이기도 하다. 그래서 다쿠토는 믹 재거 놀이를 하기로 했다.

그건 소년 시절부터 해온 기벽이랄까, 일종의 비밀 게임이었

---

[*] 영국 록밴드 롤링스톤스의 리드싱어.

다. 자신이 아닌 다른 누군가가 되었다는 설정으로 일정 기간을 사는 것이다. 다른 사람에게는 밝히지 않는다. 지금껏 아무도 모르게 마음속으로만 다양한 누군가가 되어 살아왔다. 〈울트라 세븐〉*의 단 대원, 다나카 가쿠에이**, 영화 〈베네치아에서의 죽음〉의 아셴바흐 교수, 〈마지막 황제〉의 푸이, 같은 영화에 출연한 배우 피터 오툴, 무라카미 하루키, 오하시 교센***. 뮤지션으로는 사와다 겐지 놀이도 했고 존 레논 놀이를 한 적도 있다.

다쿠토는 셔츠 자락을 청바지 속에 밀어넣었다. 주머니 사정도 문제이고 외견상 믹 재거가 될 방법은 없지만 셔츠 자락 정도는 넣어줘야 한다고 생각했다. 내친 김에 제자리에서 폴짝 뛰어 발을 바꿔 디뎌서 게임을 개시한다는 신호로 삼았다.

존 레논이라면 햄집 주인의 장례식에 갈지도 모르겠지만 믹 재거는 가지 않을 것이다. 믹은 그 대신 햄집 주인의 노래를 만들겠지.

다쿠토는 밥에 된장국과 낫토로 아침식사를 때우고 집을 나

---

* 〈울트라맨〉 TV 시리즈 중 하나. 단 대원은 울트라 세븐이 위장한 인간의 이름이다.
** 1972~74년까지 일본 총리를 지낸 인물.
*** 일본 고도 성장기에 국민적 사랑을 받은 방송인.

섰다.

모모코에게 스케치를 좀 해둬야 하는 장소가 있다고 말했으므로 스케치북과 파스텔 세트를 챙겨 나왔다. 그것들을 자전거 바구니에 던져넣고 천천히 페달을 밟으면서 어디로 갈지 생각한다.

당연히 이날은 햄집에 갈 수 없다. 그곳을 빈번하게 찾았던 것도 아니면서 막상 갈 수 없게 되니 왠지 어디로 향할지 망설여진다. 어느 방향으로 나아가든 햄집에 가까워지는 듯한 기분이 든다. 그동안 자신은 매일 어디를 갔던 걸까.

결국 다쿠토는 일단 빠져나왔던 상점가로 다시 돌아왔다. 믹 재거에게는 동네가 어울린다. 그렇더라도 아직 오전 10시 전이다. '갈 곳 없는 나, 햄집 주인의 죽음'이라는 가사가 떠올랐다.

다쿠토는 맥도널드에 들어가 콜라를 마시고 스케치북을 팔락팔락 넘겼다. 최근 삼 개월 남짓 꽤나 그렸다. 길모퉁이 스케치, 맥주병이나 통조림이나 냄비 뚜껑 따위를 모티프로 한 정물화, 술집에서 그린 인물화, 자화상, 길가의 잡초, 때로는 추상화. 유명 일러스트레이터의 터치를 모방해 그린 건 봐줄 만하지만 독창성을 발휘해본 그림은 자기 눈에도 허접해 넌더리가 난다. 이 짜증이 포화 상태에 이르면 더이상 그림을 그리고 싶지가 않다. 요컨대 일러스트레이터를 폐업해야 하는 것이다. 하지만 아직 괜찮아, 다쿠토는 생각한다. 일단 오늘 하루는. 믹 재거는 이런 일에 신경쓰지 않는다.

다쿠토는 맥도널드를 나와 아끼는 닫혀 있었던 새 파는 가게로 향했다. 살아 있는 생명을 취급하면서 개점 시간은 대중없고, 휴업일도 아닌데 셔터가 내려져 있기도 한 무책임한 가게다. 가게문이 열려 있어 입구에서 안쪽으로 새장을 차례차례 살피며 들어갔다.

박새, 달마앵무, 사랑앵무, 홍작. 자그만 개체들은 저마다 고유한 크기와 날개색과 음색을 지녔다. 그런데도 작은 새들이 그런 점들을 아무렇지 않게 여긴다는 게 다쿠토는 좋았다. 표정은 없으면서 작고 반짝거리는 눈동자도. 안쪽의 막다른 곳에 앉아 있던 가게 주인이 무릎 위 책에서 고개를 들어 눈짓으로 인사한다. 주인장은 다쿠토보다 열 살 정도 많은 오십대 중반이리라. 다쿠토가 이 동네에 이사온 이후부터니까 벌써 이십 년 가까이 알고 지낸 사이인데도 가벼운 인사 이상은 나누지 않는다. 그건 그것대로 딱히 나쁠 것 없다. 이 주인장은 원래 그런 사람이라 다쿠토뿐 아니라 모든 손님에게 이런다는 걸 안다. 아니, 어쩌면 가벼운 인사라도 나누는 건 다쿠토뿐인지도 모르겠다.

혹시 새 가게 주인이 죽으면 내게 연락이 올까.

다쿠토는 문득 생각했다. 새 가게 주인의 부인이나 자녀를 만난 적이 없고, 애초에 그들이 있는지 없는지도 모르지만, 그래도 그가 죽으면 누군가가 어떤 이유로 자신의 존재를 알아서 장례식 날짜를 알려올지도 모른다.

정말이지 주인장이라는 존재는 여기저기 다 있군.

새 가게의 주인을 등지고 입구를 향해 두번째 통로를 걸으면서 다쿠토는 그렇게도 생각했다. 새 가게는 새로만, 햄 가게는 햄으로만 이뤄졌으면 좋을 텐데.

그런 생각을 한 탓에 어쩐지 평소보다 머무르는 시간이 짧아졌고, 가게에서 나오자 아들과 딱 마주쳤다. 역 쪽에서 오면서 새 가게에 잠시 들르려 한 모양이다.

다쿠토가 "어이, 웬일이야"라고 말을 걸자 아들은 "안녕하세요"라고 답했다. 소타는 열여덟 살, 올봄에 고등학교를 졸업하고 곧바로 일을 시작해 집을 떠났다.

"밥 아직 안 먹었지? 밥 먹자."

다쿠토는 배가 조금도 고프지 않았지만 아들을 부추겼다. "안녕하세요"라는 말투가 마음에 걸려 곧바로 보내고 싶지 않았던 것이다. 소타는 마지못해 응하는 몸짓으로 따라왔다. 둘은 거의 아무 생각 없이 메밀국숫집에 들어갔다.

"어때, 지내는 건?"

"나쁘지 않아요."

"오늘은 일은 어떻게 하고?"

"지난주 휴일에 출근해서 대신 오늘 쉬어요."

아직 손님은 자신들뿐인 가게 안에서 알맹이 없는 말을 주고받는다. 둘이 똑같이 주문한 냉메밀국수가 나오자 소타가 그릇째 들고 게걸스럽게 먹는데, 배가 고파서가 아니라 달리 어떻게 해야 좋을지 모르기 때문에 그러는 것이리라. 그렇다고 밥 먹자는 아버지의 권유를 딱 잘라 거절하지도 못한다. 이 아들놈은 그런 녀석이라고, 다쿠토는 생각한다.

"돈 달라고 온 거 아니었어?"

아들이 입을 열지 않아 더더욱 그런 말을 해버린다. 소타가 그릇 너머로 힐끔 다쿠토를 쳐다보았다.

"햄집 아저씨 돌아가셨잖아요."

"그래서 온 거야?" 다쿠토는 조금 놀랐다.

"그래서만은 아니지만."

아니, 그래서 온 거잖아, 다쿠토는 생각한다. 때마침 집에 전화해서 부고를 들었거나 아야코 같은 애가 오지랖 넓게 소식을 전해서, 아무도 오라고까진 안 했는데 온 거겠지. 녀석은 그 영감과 이렇다 할 교류가 없었을 테지만 그럼에도 와야 한다고 생각해서 왔을 것이다. 어쩌면 대체휴일이 아니라 이 일 때문에 아르바이트를 쉬고. 이놈은 그런 녀석이다.

"아아." 다쿠토는 무심코 소리를 냈다.

"뭐예요. 아이는."

"아니…… 믹 재거라면 아아, 라고 말할 거 같아서."

소타는 입을 다물어버렸고, 다쿠토는 계산서를 쥐고 일어났다.

"미안, 이따가 약속이 있거든."

"어? 집으로 안 가요?"

"또 보자."

다쿠토는 반 이상 남긴 냉메밀국수를 두고 아들과 가게를 나왔다.

다쿠토는 전철을 타고 신주쿠로 나갔다.

약속이 있다는 건 사실이다. 다만 시간상 너무 일러서 기노쿠니야 서점에서 시간을 때웠다.

가벼운 선물로 해외소설이라도 한 권 살까 하다 책을 고르는데 지나치게 열중한 나머지 약속 시간에 늦어버렸다. 뒷골목 빌딩 지하에 있는 재즈 찻집은 약속한 여자와 처음 만났던 장소다. 처음 만났을 때와 똑같이 여자는 제일 안쪽의 눈에 띄지 않는 자리에서 무서운 얼굴을 하고 앉아 있었다.

"이 가게는 하나도 안 변했네."

비좁게 놓인 테이블과 의자 사이로 살짝 몸을 밀어넣으며 다쿠토가 말했다. 카운터 안쪽에 주인만 있고 손님은 그들뿐이다.

"미유도 그렇고."

다치바나 미유키와는 작년 여름부터 반년 정도 사귀었으나 현재는 실질적으로 헤어진 상태였다. 요컨대 다쿠토가 그녀에게 싫증을 내기 시작하면서 약속을 어기고 연락을 안 하게 된 것이다. 이날 이곳에 온 건 우편으로 내용증명서를 받아서다.

주문을 받으러 온 가게 주인에게 다쿠토는 킬리만자로 커피를 시켰다.

"돈은 가지고 오셨나요?"

카페 주인이 사라지자 미유키가 처음으로 말을 꺼냈다.

"거 참, 잠깐만. 좀 천천히 하자고, 오랜만에 봤는데. 아, 그리고 이건 선물."

그가 표지 디자인을 보고 고른 이탈리아 소설을 내밀었지만 미유키는 한번 힐끔 보기만 할 뿐 손도 대려 하지 않았다.

"사진은요?"

"오늘은 좀…… 바빠서 고를 시간이 없어서 말이지."

"고를 필요가 있나요? 전부 돌려주세요."

미유키와 사귀던 때 다쿠토는 사진작가였다. 그가 찍은 그녀의 인물사진과 그 음화필름, 그리고 사진집을 내겠다고 빌려 간 십칠만 엔을 돌려달라는 내용이 증명서에 적혀 있었다.

"돈은 물론 갚을 거지만, 사진은 소장하고 싶은데."

이제는 분명히 아무 흥미도 없는 여자인데 다쿠토는 버릇처럼 무심코 달콤한 말을 해버린다.

"결국 아무것도 안 가지고 온 거네요. 뭐하러 왔어요?"

"미유를 만나러 왔지."

그러자 그녀의 눈동자에 눈물이 맺혔는데 다쿠토는 그것이 기쁨이 아니라 분노의 눈물임을 경험으로 알았다. 아아. 이번에는 간신히 입 밖으로 내지 않고 마음속으로 한숨을 뱉는다. 역시 오지 말 걸 그랬다. 애당초 이런 여자와 관계를 가진 게 실수였다.

음반이 바뀌고 감상적인 기타 선율이 흘러나왔다. 다쿠토는 재즈 찻집에 드나들긴 해도 재즈에는 문외한이라 명곡도 연주자도 아는 바가 없다. 그저 지금 이런 곡을 트는 건 찻집 주인이 선보이는 서비스 같은 것이려니 생각한다. 재즈 찻집에도 재즈만 흘러나오는 게 아니라 커피를 내리고 음반을 트는 가게 주인이 있다.

그러고 보니 다쿠토는 문득 생각났다. 그 햄집에 미유키를 데리고 간 적이 있었다. 아직 넘칠 만큼 이 여자를 좋아했을 무렵에. 새 파는 가게에서 만나 손을 잡고 싶어 인적 없는 주택가 쪽으로 걸어갔다가 이 여자를 데리고 잠깐 햄집에 들러도 좋겠다 싶었던 것이다.

"미유, 우리집 근처 햄집에 갔던 일, 기억해?"

햄집 영감은 미유키를 보고 동요하지 않으려 애썼고, 너무 애를 쓰느라 얼굴과 동작이 딱딱했었다. 그다음에 다쿠토 혼자 가게를 방문했을 때 "지난번에 그 여자, 예뻤지?" 하고 물었더니 그는 한쪽 눈썹을 올리고 고개를 저을 뿐이었다. 화가 났던 거다. 그놈은 모모코를 흠모하고 있었다.

"그런 얘긴 이제 그만해요."

미유키는 다시 분노의 눈물을 쏟아내며 말했다. 그 햄집 주인이 죽었어, 라고 믹 재거라면 말할까. 아니, 말하지 않겠지.

망했다. 아내의 모습을 보고 다쿠토는 생각했다.

돈 문제를 생각하다 무심코 집으로 돌아왔는데 이날 밤이 햄집 주인의 쓰야였던 것이다.

모모코는 검은색 반소매 원피스를 입고 등의 지퍼를 올리려던 참이었다. 지퍼가 올라가면서 원피스가 몸에 착 달라붙어 가느다란 허리가 도드라진다. 다쿠토는 흐느적흐느적 아내에게 다가가 뒤에서 끌어안았다.

"뭐하는 거야."

나무라는 목소리가 웃음기를 머금고 있다는 데 용기를 얻어 다쿠토는 치맛자락으로 손을 넣어 아내의 엉덩이를 만졌다. "하지 마." 이번에는 목소리가 단호했다. 얼굴은 옅은 미소를 짓고 있지만 계속 강행할 마음은 들지 않는 미소였다. 다쿠토는 껴안은 목적이 바로 이거였다는 듯 지퍼를 올려주고 난 뒤 몸을 떼어냈다.

"쓰야, 몇시부터지?"

아내는 뭐든지 다 알고 있다고 생각하면서 다쿠토가 그렇게 물었다. 자신이 진심이 아니란 걸 이 여자는 안다. 장난을 치더라도 진심으로 하지 않으면 안 된다.

"이제 슬슬." 모모코가 대답하고 검은색 재킷을 걸쳤다.

"돈 좀 있어?" 지금 그 말을 해버린다.

"돈? 무슨 돈?"

"일 때문에 좀 필요해서. 손님 접대를 해야잖아. 거 참, 뻔뻔한 손님이야, 가고 싶은 가게가 있다나 뭐라나. 오만 엔 정도 빌려줄 수 있어?"

"지금?"

"응."

모모코가 잽싸게 돌아서서 아래층으로 내려갔다 금세 올라와 다쿠토에게 여러 장 포개진 만 엔권 지폐를 건넸다. 계산대를 열어서 가지고 온 것이리라. "생큐." 다쿠토는 청바지 주머니에 돈을 찔러넣고 잠시 머뭇거리다 방을 나갔다.

그러고서 흠칫 놀랐다. 아래층 가게의 카운터석에 딸과 아들이 모여 있었기 때문이다. 계단에 가까운 쪽부터 도키코, 아야코, 소타 순으로 나란히 앉아 자신을 올려다보고 있다. 모두 조문 복장이다. 딸들은 자신이 2층에 있는 사이에 다 모인 걸까. 아까 돌아왔을 때 소타가 안 보였던 건 의상 대여점에라도 갔기 때문이었나.

어쨌든, 다쿠토는 생각했다. 모모코가 자신을 데리고 아래층으로 가지 않고 혼자 내려가 돈을 가져온 건 자식들 앞에서 돈을 건네는 모습을 피하려던 거겠지.

"헬로, 헬로!"

조건반사적으로 그런 반응이 나왔다. 그러고는 믹 재거 놀이가 생각나 모모코에게 방금 받은 지폐를 꺼내 부채처럼 착 펼쳤다.

"생큐 베리 머치."

그러고서 그 누구의 얼굴도 보지 않으려 하며 허둥지둥 가게를 나왔다.

이날 저녁 8시에 같은 가게에서 다시 미유키를 만나 돈을 건네기로 약속했으나 다쿠토는 신주쿠로 향하는 전철의 반대쪽 플랫폼으로 향하고 말았다.

십칠만 엔을 오만 엔으로 깎은 건 자신의 머리에서 나온 생각이었지만 사진을 안 가져왔다. 돈보다 그 문제로 군소리를 들을 것이다. 어르고 달래고, 경우에 따라 잠시 관계를 재개하는, 늘 해오던 그런 방책으로 문제를 넘길 기력이 오늘은 없다. 돈을 건네면 깨끗하게 끝날지도 모르지만, 그건 그것대로 자신이 바라는 바가 아닌 듯한 느낌도 든다. 그 말은 즉, 내용증명서가 올 때까지 거의 잊고 있던 여자에게 아직 미련이 있다는 건가. 이런 상황이 되면 다쿠토는 언제나 자기 자신을 알 수 없어진다.

다쿠토가 내린 곳은 고엔지역이었고 남쪽 출구 광장의 한구석에 작은 인파가 모여 있길래 딱히 목적 없이 그쪽으로 갔다. 인파라고 해봐야 교복 차림 여고생 예닐곱 명이었다.

그애들이 에워싸고 있는 건 한 길거리 가수였다. 기타를 치면서 노래하는 젊은 여자. 눈썹이 짙고 눈이 크며 눈동자는 새까맣다. 몸집이 크고 포동포동하게 살이 찐 여자. 외모는 하와이 출신이라 해도 믿을 법한데, 입고 있는 건 클래식한 느낌의 자잘한 꽃무늬 원피스였다. 다쿠토는 이 조합이 꽤 세련됐다고 생각했다. 목소리는 맑고 매끄럽다. 여자는 나가시 소멘* 같은 목소리로 "당신과 나는 데케데케"라고 의미를 알 수 없는 노래를 부르고 있다. 요즘 이런 노래가 흔하다는 점에선 의미 불명이라 할 수도

---

* 반으로 길게 자른 대나무나 플라스틱 관에 물을 흐르게 하고 삶은 면을 흘려보내 젓가락으로 건져서 먹는 일본의 여름철 음식.

없으려나.

데케데케 노래가 끝나자 여고생들이 일제히 박수를 쳤다. 다쿠토는 그들이 그런 매너 있는 행동을 한다는 점에 살짝 감동했는데, 그후 한 여자애가 곰돌이 모양의 동전지갑에서 십 엔을 꺼내 가수가 펼쳐놓은 기타케이스에 던져넣는 바람에 기분을 잡쳤다. 여고생들은 깔깔거리며 짓궂은 웃음소리를 내더니 다쿠토를 밀치면서 떠나갔다. 그가 돌아보니 그쪽에서도 몇 명이 돌아보며 서로 팔꿈치를 쿡쿡 찌르면서 또 웃었다.

다쿠토는 가수 쪽으로 방향을 바꿨다. 상대도 그를 보고 있어서 마주보는 형상이 되어버렸다. 가수는 체념했다는 듯 미소를 지었다.

"노래 좀더 해요." 다쿠토가 말했다.

가수는 그뒤로 세 곡을 불렀는데, 그사이 곁눈질로 바라보며 가는 사람은 있어도 발걸음을 멈추는 이는 없었다. 그래서 결국 다쿠토는 이날 밤 그 가수와 술을 마시게 됐다. 오키나와 음식점이 단골집인 모양이었다. 카운터석 너머의 여자 주인과 앞에 앉은 손님 몇 사람에게 인사한 뒤 둘은 구석진 자리에 마주보고 앉았다.

"오키나와 출신?"

"자주 그렇게 오해받지만, 아키타."

가수의 이름은 미리아라고 했다. 빈 의자에 세워둔 기타케이스에도 컬러 테이프 같은 것으로 이름이 적혀 있었다. MIRIA. 미리아는 다쿠토에게 이름을 묻지 않았다. 주인도 안면이 있는 손님들도 이쪽을 힐끔거리지 않는 걸로 보아, 반응이 좋았던 관객을 데려오는 게 특별한 일이 아닐지도 모르겠다.

"게마나이에서 고등학교를 졸업하고 도쿄로 오기만 하면 내 세상이 될 줄 알았어요. 아무것도 몰랐던 거죠."

미리아에게 주문을 맡겼더니 잔생선을 올린 두부, 굵은 모즈쿠*, 볶은 소면, 돼지고기 조림 같은 음식들이 연달아 나왔고, 그것들을 깨작대면서 장기간 숙성시킨 아와모리**를 마셨다. 미리아는 술이 셌는데 다쿠토보다는 약했다. 알코올 분해효소 어쩌고 하는 그런 이유가 아니라 다쿠토의 음주 방식이 교묘했기 때문이다.

미리아의 도호쿠 사투리는 왠지 이상했고 자학 개그를 할 때 말투는 지나치게 거침없었지만, 취기가 오르자 그 어느 때보다 훨씬 귀여워졌다. 프로 가수가 되겠다는 희망을 아직 포기하지 않았다는 것도 알았다. 포기하지 않는 여자는 귀엽다. 포기하는

---

* 해초류의 일종인 큰실말.

** 일본 오키나와의 특산주.

편이 그녀 자신을 위하는 일이더라도 일단 지금은 귀엽다. 다쿠토는 그런 여자의 이 순간을 원했다.

"오늘은 집에 가기 싫은데."

이럴 때면 늘 하는 대사이기 때문에 다쿠토는 이날도 말한다. 그러자 자동적으로 다음 대사가 떠올랐다. 말하지 마, 말하지 마, 말하지 마. 그걸 쓰면 안 돼. 다쿠토는 그렇게 생각했지만 그런 생각을 하는 자신에게 반발하고 싶은 또다른 자아도 있기에 결국 "오늘 친구가 죽었거든"이라고 내뱉고 말았다.

"어머나, 저런."

미리아는 슬픈 듯 얼굴을 찡그렸다. 술에 취한 탓도 있겠지만 그 반응이 나쁘지 않았다. 어머나, 저런. 그래, 내 기분도 그런 거야, 다쿠토는 생각한다. 믹 재거 놀이가 아니라 미리아 놀이여도 괜찮을 것 같다.

"오늘이 쓰야였어."

"어머나, 저런."

여자 주인이 얼음물을 담은 유리잔 두 개를 가져와 테이블에 놓으면서 "괜찮아?" 하고 속삭였다. 미리아에게 물은 것이지만 다쿠토에게 못을 박는 의미도 있었으리라. 다쿠토는 그런 쓸데없는 참견을 당하면 평소 오기로라도 여자를 가게 밖으로 데리고 나가고 싶어지지만 이날은 관두자는 기분이 들었다.

그 이유 중 하나가 술을 너무 많이 마셨기 때문이었는데도 다쿠토는 갈수록 더 마셨다. 미리아와 비슷하거나 그 이상으로 취해, 그녀와 자는 대신 종이 냅킨에 볼펜으로 그녀의 모습을 그려주었다. 주인도 그리고 손님들도 그랬다. 페이터 사토* 스타일로 미화해서 그려 인기 만점이었다. 해 뜰 무렵까지 떠들고 마시며 오만 엔을 전부 써버렸다.

집에 돌아왔을 때는 이미 환했다.

가게의 셔터는 내려가 있었지만 뒷문을 통해 안으로 들어가자 뭔가를 구웠던 냄새가 진하게 남아 있었다. 쓰야에 다녀와서 가게를 열었던 건가, 아니면 교대로 갔던 건가. 2층으로 올라가자 옷장에 상복이 걸려 있고 모모코는 이불 속에 있었다.

이불은 두 채가 깔려 있었지만 다쿠토는 아내의 이불 속으로 파고들었다. 허리에 손을 감고 목덜미에 얼굴을 묻는다. 안을 마음은 없었지만 아내의 냄새를 깊숙이 맡고 싶었고, 그건 진심이라고 다쿠토는 생각했다.

모모코가 아아, 하는 소리를 냈다. 잠꼬대 같았지만 모모코는 그를 향해 몸을 돌렸다. 눈을 뜨고 있다.

---

* 에어브러시를 이용한 인물화 화법을 확립한 일본의 일러스트레이터.

"거기, 테이블 위."

"응?"

"테이블 위에 당신 그림 놔뒀어. 당신이 햄집 아저씨를 그린 그림. 굉장히 마음에 들어했었대. 관에 같이 넣을까 하다가 태워버리면 아까우니까 당신이 가지고 있어주면 좋겠대. 사모님이."

모모코는 그 말만 하고는 눈을 감고 다시 몸을 돌려버렸다. 테이블은 찻잔이나 책 같은 물건을 잠깐 놔두는 작은 접이식 책상을 말했다. 다쿠토는 주뼛주뼛 그쪽을 보았다.

지금 그 위에는 찻잔도 책도 없이 햄집 주인의 초상화를 그린 도화지 한 장만이 테이블보처럼 살포시 놓여 있다. 언젠가 혼자서 햄집을 방문했을 때 포장을 기다리는 동안 스케치했던 것이다. 후지타 쓰구하루* 스타일로 그린 허접한 볼펜화. 햄집 주인이 고지식한 얼굴로 햄을 썰고 있다. 팔에 빽빽하게 자란 털을 쓸데없이 공들여 꼼꼼하게 그렸다.

다쿠토는 아내 쪽으로 고개를 돌렸다. 덮고 있는 이불이 잠든 아내의 숨결에 오르락내리락하지만 아내가 정말로 자는지 어떤지는 알 수 없다. 애당초 이 여자가 지난밤 조금이라도 잤는지

---

* 20세기 초 파리에서 활동하며 서양미술에 수묵화 기법을 접목해 독자적 양식을 확립한 일본의 화가.

어떤지도. 알 수 있는 건, 이것이 벌이라는 사실이다. 모모코가 그림을 가져와 자신에게 보여준 건 아내로서 내리는 징벌인 셈이다.

다쿠토는 도화지를 집었다. 그림을 되도록 안 보려고 하면서 한가운데부터 찢었다. 두 조각 난 종이를 또 찢고, 더 잘게 찢기 위해 또 찢는다.

'오오, 잘 가시게, 햄집 주인이여. 죽은 남자의 그림은 이제 필요 없다네.'

돌아온 믹 재거가 햄집 주인 노래의 후렴구를 부른다.

코네티컷의 분양 묘지

요즘 들어 아야코는 코네티컷에 대해 자주 생각한다.

물론 가본 적은 없다. 아는 건 그곳이 미국의 주라는 사실뿐. 위키피디아로 찾아봤지만 이렇다 할 이미지는 떠오르지 않았다. 바다에 맞닿아 있는 모양이다.

그래서 마음대로 공상하기로 했다. 무슨 문제가 되는 것도 아니니까. 벽돌로 지은 낮은 집들, 좁다란 돌계단과 비탈길, 시원하게 탁 트인 파란 하늘. 비포장 길에 모래가 섞여 있어 걷다보면 구두코가 희끄무레해진다.

코네티컷이란 지명은 최근에 읽은 소설의 제목에서 보았다. 아마 딸 사쿠라만 하던 열아홉 스물 무렵부터 아야코는 늘 취미를 갖는 일에 애써왔다. 음악 감상, 예술작품 감상, 수예, 어학,

우표 수집, 고양이 굿즈 수집, 강아지 굿즈 수집…… 지금껏 그토록 많은 취미를 가졌다는 건 그 어느 것도 오래 지속되지 않았다는 뜻이지만 아야코는 신경쓰지 않았다. 중요한 건, 취미가 있다는 사실이었으니까.

그리고 지금은 독서가 취미다. 애초에 책을 읽는 습관이 없었기 때문에—그럼에도 독서를 취미로 해보겠다고 생각하는 게 아야코다운 면이지만—뭐부터 손을 대야 좋을지 몰라 일단 서점에 가봤더니 '여름방학에 읽고 싶은 명작전'이라는 띠지를 두른 문고본들이 쭉 진열되어 있어 그중 한 권을 골랐다. J. D. 샐린저의 『아홉 가지 이야기』라는 단편집이었고, 거기에 「코네티컷의 비칠비칠 아저씨」라는 작품이 있었다.

오늘도 아야코는 그 문고본을 가방 속에 슬쩍 넣어두었다.

그리고 전철 안에서 꺼내 펼친다. 그건 책을 읽는다기보다 읽고 있는 자신을 타인에게 보여주는 행위이며, 따라서 읽는다기보다 바라본다는 행위에 가깝다.

독서를 취미로 하겠다고 정한 건 벌써 두 달도 더 된 일이지만 산 책은 이 문고본 한 권이 다였다. 게다가 아직도 첫번째 소설인 「바나나피시를 위한 완벽한 날」과 그다음 「코네티컷의 비칠비칠 아저씨」까지밖에 못 읽었다. 사실 나머지를 읽을 마음은 없었다. 「바나나피시」를 다 읽기까지 방대한 시간이 걸렸고, 게다가 어디가 재밌는 건지 전혀 이해가 안 됐다. 그래서 「코네티컷」을 읽기 시작할 때는 울며 겨자 먹기 식이었고, 만약 이것도 첫 소설과 똑같이 고행만 강요당하다 끝난다면 이제 이 취미는 관둬야겠다고 아야코는 마음먹고 있었다.

그 결과, 소설은 의외로 재밌었다. 아니, 이 느낌을 '재밌었다'라고 해도 좋을지 확신할 수 없지만 뭔가 마음에 남는 것이 있었다. 적어도 코네티컷이라는 지명이 아야코의 마음에 깊이 각인됐다. 그래서 독서는 이미 관뒀어도 책은 줄곧 가지고 다니는 것이다. 「코네티컷의 비칠비칠 아저씨」는 학창 시절 친구였던 두 여자가 시간이 흐른 뒤 다시 만나 추억을 얘기하면서 점점 술에 취해가는 내용이다.

아야코가 니시아자부의 교차로에 있는 아이스크림 가게 앞에 도착한 건 약속 시간 오 분 전이었지만 남편 도오루는 벌써 와서 기다리고 있었다. 퇴근길이라 정장 차림으로 트렌치코트를 옆에 끼고 있다. 이날 만날 상대가 메일로 보내온 지도는 아야코가 가지고 있었다. 그걸 도오루에게 전달하고 거기서부터 오 분 정도 거리에 있는 레스토랑으로 향했다.

작지만 세련된 가게였다. 굉장히 멋스럽다고 아야코는 느꼈다. 가게는 빌딩 지하에 있으면서 나선형 계단으로 내려가는 입구에 작은 간판 하나뿐이라, 얄밉게도 아는 사람들끼리만 은근히 즐기는 듯한 곳이었다.

그런 곳으로 둘을 초대한 사람은 장녀 사쿠라가 결혼할 상대의 부모였다. 나카메구로에서 앤티크숍을 운영하는 이들답다. 사쿠라와 그 집 아들 요시로가 아직 도착 전이라 한동안 초면인 부모들끼리 마주보고 있어야 했다.

"요리는 오마카세* 코스로 주문해뒀습니다, 괜찮으시죠?"

사쿠라이 씨가 말했다. 아야코는 그의 나이를 몰랐지만 상상했던 것보다 젊게 보였다. 느슨하게 웨이브가 들어간 긴 머리, 콧수염, 검은색 터틀넥 상의.

"여기, 음식이 꽤 맛있어요. 오늘은 분명 트러플 버섯을 먹을 수 있지 않을까 싶은데."

사쿠라이 부인이 말했다. 이쪽은 상상한 것보다 차분한 인상이다. 밝은 갈색으로 염색한 짧은 머리, 작은 얼굴에 긴 목, 반소매 트위드 원피스 차림에 가슴 언저리에는 산호 목걸이가 걸려 있다.

세련된 사람들이구나, 아야코는 생각한다. 굉장히, 얄미울 정도로 세련됐다. 저들 눈에 자신들이 어떤 식으로 비칠지는 생각

---

* 일본어로 '맡기다'라는 뜻으로, 요리사의 재량으로 메뉴를 구성하게 하는 것.

하고 싶지도 않다.

"정말이지, 너무 놀랐습니다."

사쿠라이 씨가 말하는 건 이 결혼이었다. 어찌됐든 사쿠라는 아직 열아홉 살이고, 요시로 역시 스물다섯 살밖에 안 됐다. 아야코는 미소를 지으며 고개를 끄덕이기만 했다. 아까부터 거의 입을 열지 않는 남편이 이 부분에 대해서는 뭐라도 말을 해주길 바랐으니까. 하지만 도오루는 여전히 잠자코 있었다.

"요시로가 야무진 성격이니 너무 걱정하지 말자고 저희는 그렇게 얘기했습니다."

하는 수 없이 아야코가 대꾸했다. 결혼을 허락한 이상, 그렇게 말할 수밖에 없지 않은가. 결혼시켜주지 않으면 둘이 도망가겠다는 협박에 먼저 항복한 건 도오루였다.

마침내 두 당사자가 나란히 등장하고 식사가 시작됐다. 각자에게 샴페인이 한 잔씩 나왔고, 그후에는 사쿠라이 씨가 화이트 와인을 골랐다. 사쿠라이 부인이 말한 대로 첫번째 요리에 트러플이 나왔다. 만두피를 튀긴 것 같은 바삭바삭한 받침 위에 얇게 깎은 트러플이 수북하게 담겼다. 세 사람, 즉 사쿠라이 부부와 요시로가 환호했다. 딸의 남편이 될 사람은 어릴 적부터 이런 가게에 따라다녔겠구나, 아야코는 생각한다. 사쿠라는 요시로가 거리낌 없이 그 요리를 손으로 집어 덥석 입에 넣는 모습을 곁눈질로 살핀 다음 자신도 그렇게 했다. 최선을 다해 아무렇지 않은 듯 행동하는 모습이 아야코에게 애처롭게 와닿았다.

요시로는 고엔지에서 중고 의류를 판매하는 빈티지숍을 운영한다. 사쿠라가 손님으로 그곳을 방문했다가 서로 알게 된 것이다. 장사가 잘된다고는 해도 스물다섯 살 그 어린 나이에 가게를 소유할 수 있는 건 부모의 지원 덕분일 거라고 아야코와 도오루는 생각했다. 그것은 곧 생활이 안정적이라는 의미여서 결혼을 허락하는 이유가 됐지만, 동시에 요시로를 남자로서 평가하는 데는 부정적인 요소가 되기도 했다. 결혼 후 둘은 당분간 요시로의 주거지인 가게 건물의 2층에서 살 것이다. 이 레스토랑에서 결혼 피로연을 하는 게 둘의 희망사항이라고 한다.

거기까지 정해졌다면 이 여섯 명이 굳이 격식을 차려 얘기할 건 별로 없었다. 상대에게 미리 말해두는 게 좋을 것 같은, 혹은 상대가 알고 싶어할 거라고 생각되는 각자 집안에 관한 정보를 장기라도 두듯 조금씩 내놓고 서로 교환하면서 와인을 두 병째 개봉하고 고기 요리를 먹었다.

"그러고 보니 제 집사람의 친정도 일품요리점을 합니다."

도오루가 불쑥 그렇게 말했다. 사쿠라이 부부가 조만간 앤티크숍의 일부를 리모델링해 작은 찻집을 겸하고 싶다는 얘기를 했을 때였다.

"그렇군요. 그건 몰랐네요."

"가게는 어디 있나요?"

사쿠라이 부부가 각자 반응을 보였고, 뒤이어 요시로가 "나도 몰랐네" 하고 말했다.

"아니, 딱히 비밀로 했던 건 아니고 말할 기회가 없었달까."

사쿠라가 당황한 모습에 사쿠라이 부부도 요시로도 온화하게 웃었다.

"히가시나카노입니다. 장모님이 꾸려나가시는데 꽤 맛있는 요리들을 내시죠."

도오루가 다시 입을 뗐기에 아야코도 "일품요리점이라기보단 선술집이에요. 괜찮으시면 언제 한번 들러주세요" 하고 황급히 덧붙였다. 이날 저녁 줄곧 말이 없던 남편이 지금 그 얘기를 꺼낸 사실에 크게 놀라워하면서. 평소에는 히라쿠에 들르는 일이 거의 없는데다 화제로 삼지도 않는다. 틀림없이 이는 사쿠라이 일가를 향한 도오루 나름의 반격일 거라고 아야코는 생각한다. 무뚝뚝하고 말은 없지만 아내의 기분을 충분히 짐작하고 있는 거다.

이러저러해서 상견례는 끝이 났다. 무사히 끝났다고 해도 좋을 것이다. 다들 가게를 나오자마자 헤어졌다. 좀더 술을 마시겠다며 젊은 두 사람이 거리 속으로 사라져갈 때 아야코는 속으로 미간을 찌푸렸지만 그래도 도오루와 단둘이 있게 되자 어느 정도 마음이 놓였다.

그러나 그건 잠시뿐이었다. 그날 밤부터 사쿠라가 행방불명이 됐다.

아야코는 게이오선의 각역정차 열차*밖에 서지 않는 작은 동네의 하천변 주택가에 산다. 결혼한 지 오 년째에 신축 분양 주택을 구입한 것이다. 결혼 초에 남편과 세운 계획대로 이뤄졌다. 융자가 줄어가는 것보다 집이 노후되는 속도가 빠른 듯하지만 부부 둘과 세 아이들이 날마다 우당탕거리며 생활하고 있으니 자연스러운 일일 것이다.

도오루는 주택 건설사의 기치조지 지점에서 근무하고 있으며 아침에 제일 먼저 집을 나선다. 그다음이 고등학교 1학년인 장남 고이치, 중학교 2학년인 차남 신지 순이다. 세 남자를 배웅한 뒤 아침식사라기보다 파괴의 흔적이라 하는 편이 적절할 듯한 식탁 위를 치우고 아야코는 그날 아침도 문고본을 바라보고 있었다.

"한번은 내가 넘어졌어. 난 피엑스PX 바로 앞 버스 정류장에서

---

* 모든 전철역마다 정차하는 열차.

그를 기다리곤 했는데, 그가 늦게 나타난 거야. 버스가 막 떠나려고 할 때 말이야. 우린 그 버스를 타기 위해 뛰기 시작했지. 그런데 내가 넘어져서 발목을 삐었어. 그러자 그 사람이 그러는 거야. '아이구, 불쌍한 비칠비칠 아저씨.' 내 발목을 두고 하는 소리였어. 불쌍한 비칠비칠 아저씨. 그는 내 발목을 그렇게 불렀지…… 세상에, 정말 멋있는 사람이었어."*

월트라는 인물은 주인공 엘로이즈가 젊은 시절에 사귄 연인인데, 짐으로 꾸리던 스토브가 폭발하는 사고로 허망하게 죽는다.

아야코는 이 대화 부분—이 단편은 대부분이 대화로 이뤄져 있다—이 마음에 들었지만, 그래도 역시나 어느새 떠올리는 건 두 여자가 만취한 모습이 아니라 상상 속 코네티컷의 풍경이었다. 오늘은 바다에 나가지 않고 마을로 간다. 평온한 시골 마을이 마음속에 떠오르기 시작한다.

그 시점에서 사쿠라에 대해 걱정하진 않았다. 간밤에 들어오지 않았지만 결혼을 선언한 이후 공공연히 외박하는 일이 잦아진데다 전날은 요시로와 함께 있는 것도 알았으니 언제나 그렇

---

* J. D. 샐린저 「코네티컷의 비칠비칠 아저씨」, 『아홉 가지 이야기』(최승자 옮김, 2004, 문학동네).

듯 그의 집에서 등교—사쿠라는 의상전문학교에 다닌다—했으
리라 생각했기 때문이다.

요시로에게 전화가 걸려온 건 오전 11시가 조금 지났을 무렵
이었다. "사쿠라, 집에 들어왔나요?" 하고 묻기에 아야코는 의아
하게 여기며 아니라고 답했다. 학교에서 벌써 귀가했느냐는 의
미로 생각한 것이다. 그런데 요시로의 말에 따르면 사쿠라가 오
늘 학교에 가지 않은 모양이다. 사쿠라의 휴대폰이 연결되지 않
아 요시로가 같은 학교 친구 몇 명에게 전화를 걸어봤다고 한다.

"사쿠라가 오늘 아침 요시로네 집에서 나온 건 맞지?"

"그게……" 하고 요시로는 말을 얼버무렸다. 여기서 또 한번
깜짝 놀랄 사실이 밝혀졌다. 어젯밤 사쿠라가 요시로네 집에서
안 잔 것이다. 상견례 후 둘이서 간 바에서 싸우고 사쿠라 혼자
가게를 나갔다고 한다.

아야코는 전화를 끊고 나서 늦은 오후까지 사쿠라의 휴대폰과
그애가 있을 법한 장소에 번갈아 전화를 걸면서 딸이 돌아오기
를 기다렸다. 사태가 진전되지 않은 채 막 오후 4시가 됐을 때 도
오루의 휴대폰에 전화했고, 경찰에 연락하는 건 좀더 기다려보
기로 했다. 그러고서 아야코는 나갈 채비를 하고 히라쿠로 향했
다. 서로 다른 시간에 귀가할 아들들이 데우기만 하면 되도록 저
녁밥을 준비해두고, 쪽지에는 '결혼식 때문에 상의하러' 외출한

다고 썼다. 남편도 요시로도 가게로 오기로 했다.

아야코는 제일 먼저 히라쿠에 전화를 걸었다. 엄마 모모코가 전화를 받아 말해줘서 사쿠라가 그쪽으로도 안 갔다는 걸 알았지만 왠지 거기에 가면 사쿠라가 있을 것 같았다. 엄마가 하는 말을 믿을 수 없어서가 아니라, 다만 그 전화를 끊고 나서 가게로 가는 동안 사쿠라가 와 있을 것만 같았다.

단순히 자신이 히라쿠에 가고 싶어서 그런 건지도 모르지만 말이다. 아야코는 요시로에게 어젯밤 둘 사이에 무슨 일이 있었는지 물을 생각이었다. "댁으로 제가 가겠습니다" 하고 요시로가 말했으나 그가 오면 아들들에게 누나의 실종을 밝혀야 한다. 게다가 소년 시절부터 니시아자부의 고급 식당에 다녔을 청년에게 이것저것 캐묻고 사실을 말하게 하려면 히라쿠가 아니면 안 된다고 생각했다.

오후 5시, 가게에는 도오루를 빼고 전원이 모였다. 저녁 7시를 조금 넘긴 시간까지는 손님이 올까 신경쓸 필요가 없는 가게이긴 하지만, 부모님과 언니 도키코는 그렇다 쳐도 남동생 소타까지 와 있었다. 단지 사쿠라만 없을 뿐이었다. 아야코보다 조금 늦게 온 요시로는 히로와타리 집안사람들에게 둘러싸여 위축되어 있었다. 요시로가 피고인석에 앉은 듯한 기분이라는 걸 알고 아야코는 쌤통이라고 생각했다. 이런 일이 일어나기 전부터 딸의 연인인 이 청년을 자신이 은근히 미워했다는 걸 깨달았다.

"……그렇게 심각한 싸움은 아니었어요. 농담처럼 주고받았거든요. 이 가게 얘기를 해주지 않았으니까 혹시 이거 말고도 비밀이 있는 게 아니냐고 제가 물었고, 처음에는 사쿠라도 웃었어요."

요시로는 거기서 말을 끊고 반응을 기다리는 듯했으나 아무도 말이 없었다. 엄마와 언니가 카운터 안쪽에 있고 카운터석 끝에서부터 소타, 아버지, 아야코, 요시로 순으로 앉아 있었다. 마침내 엄마가 "가출할 만한 일은 아니네"라고 감상을 말했다. "가출인가?" 하고 소타가 작은 소리로 중얼거렸다.

"잠시 혼자서 생각하고 싶다며 바에서 나가버렸을 때만 해도 장난치는 걸로 여겼어요. 가게 밖에서 저를 기다리고 있거나 먼저 집으로 돌아갔겠거니 하고요……"

또다시 침묵이 흐르고, 이번에는 엄마도 아무 말 하지 않았다. 대답 대신이라는 듯 반찬 접시가 나왔다. 소송채 나물과 바지락찜, 토란과 닭고기와 곤약을 넣은 조림, 정어리절임. "크로켓도 튀길까?" 하는 엄마의 말에 어떻게 대답해야 좋을지 몰라 아야코가 망설이는 사이에, "튀기지 뭐" 하고 도키코가 말했다.

그 순간 문이 드르륵 열리는 바람에 모두가 화들짝 놀라 그쪽을 보았다. 들어온 사람은 도오루였다. 그가 겸연쩍은 듯 "죄송합니다" 하고 사과한다.

"일도 바쁠 텐데 고생이 많네. 이렇게 딱 맞춰 와주다니 좋은 남편이야."

엄마가 또 엉뚱한 소리를 한다. 아야코는 애아빠니까 당연한 거잖아요, 라고 말하고 싶었지만 실제로는 콧김만 한 번 내뿜었을 뿐이다. 태어나고 자란 집의 가족과 결혼해서 얻은 가족이 함께 있으면 왠지 모르게 평소대로 기세가 나오지 않는다.

"사쿠라가 있을 만한 장소, 달리 짐작 가는 곳은 없고?"

아야코는 요시로를 향해 그렇게 물었다. 그러고선 그가 고개를 저으며 뭔가를 말하려는 걸 가로막으며 "그러니까 내 말은, 여자가 아니라 남자 친구네 집에 있을 가능성은 없는 거야?"라고 말을 이었다. 그렇다면 좋을 텐데, 하고 아야코가 줄곧 생각했던 일이었다.

"설마요."

요시로가 거의 성난 얼굴로 부정했다.

"그런 남자가 있더라도 요시로가 알 리 없잖아" 하고 도키코가 말하자, "알 수도 있지" 하고 소타가 나직이 대꾸했다.

"맥주 줘."

아버지가 이날 처음으로 한 말이었다. 아버지는 병맥주를 직접 자기 컵에 따른 뒤 소타에게도 따랐고, 릴레이를 하듯 소타가 요시로 쪽으로도 병을 기울였다. 그러나 요시로는 모모코가 그의 앞에 놓아준 컵에 손으로 뚜껑을 덮어 거절했다. 아야코가 소타에게서 병을 받아들고 요시로 앞으로 손을 뻗어 남편의 컵에 맥주를 따랐다. 제발 거절하지 말기를 속으로 빌면서. 아야코는 딸의 신상이 염려되는 이런 때 고작 그런 일을 비는 자신이 제정신이 아니라고 생각했다.

"역시 경찰에 연락해야겠어요."

요시로가 이런 때 맥주를 마시는 남자들을 비난하는 투로 그렇게 말했다.

"괜찮다니까."

아버지가 대꾸했다. 얼굴은 자신의 앞접시를 향한 채. 조림 반찬에서 토란과 곤약만 골라내고 있었다.

"잠시 혼자서 생각하고 싶다고 말하고 나갔다며? 그럼 어딘가에서 혼자 생각하고 있을 거야. 금방 돌아오면 체면 구겨진다고 여길 거라고."

"그래도 지금까지 아무 연락이 없잖아요."

되받아치는 요시로의 목소리가 이미 애잔하다.

"아직 하룻밤 지났을 뿐이잖아. 다섯 살짜리 어린애가 아니니 모르는 아저씨를 따라가거나 하진 않았을 거라고. 사건이나 사고 같은 게 그리 쉽게 일어나지 않아."

아버지답게 정말이지 무책임한 핑계였다. 아야코는 아버지가 사쿠라의 무사를 확신하는 게 아니라 그저 걱정하는 일이 성가실 뿐인 거라고 생각한다. 그럼에도 아버지의 말에는 어떤 효과 같은 게 있었다. 아마 히로와타리 집안사람에게만 미치는 효과일 것이다.

아야코는 정말 이상한 기분이 든다. 엄마와 도키코와 소타가 아무래도 아버지의 의견을 따르려는 모양이다. 그리고 두려워졌다. 아야코 자신도 아버지의 말에 의지하려 하고, 그 말로 마음 속 일부가 마비된 것처럼 이미 안도하기 시작했음을 느꼈기 때문이다.

아야코는 남편 쪽을 보았다. 그 마비된 부분이 점점 커져가는 걸 저지할 만한 말을 해주기를 바랐다. 도오루가 아야코의 마음을 이해한 듯 입을 막 떼려고 했다. "자, 크로켓 다 됐어." 그보다 먼저 엄마가 말했다.

갓 튀긴 크로켓 냄새가 가게 안에 가득 퍼져간다. 아버지가 유후, 하고 환호하더니 그 들뜬 태도를 약간 조정하듯 "이럴 때는 잘 먹어두는 게 좋아" 하며 남을 위하는 체하면서 자기 실속만 차리는 말을 덧붙인다. 그리고 그 핑계로 두 병째인 맥주를 들고 일부러 아야코에게 왔다. "그러지 말고 마셔. 마시고 있으면 돌아올 거야."

아야코가 정신 차리고 보니 컵을 내밀고 있었다. 목구멍을 타

고 흐르는 맥주는 차갑고 짜릿할 정도로 맛있었지만 술을 마셔
버렸다는 사실을 그뒤로 계속 후회했다.

도오루는 아버지와 정반대인 남자였다.

젊은 시절에 구애를 해오는 남자는 적지 않았지만 그중에서
도오루를 선택한 건 아버지와 '정반대'라는 이유가 가장 컸을 거
라고 아야코는 생각한다. 성실, 건실, 정직. 구체적으로 열거할
수 있는 장점 외에 훨씬 애매하고 말로 표현하기 어렵지만 그 점
때문에 가장 중요하게 느껴졌던 '정반대'라는 인상이 있어서 그
직감을 따른 것이다. 물론 그보다 먼저 빨리 독립하고 싶다는 이
유에다, 집에서 나갈 명분이 결혼이라는 희망 하나뿐이었기 때
문이지만.

두 아들의 성격은 굳이 꼽자면 도오루를 닮았다. 동생이 형보다
다소 장난기가 있어서 가끔 학교에 불려가기도 하지만, 그렇더라
도 왠지 최선을 다해 성실하게 활개를 치고 다닌다는 느낌이다.

성별의 차이가 있을지 모르지만 사쿠라에게는 남편이나 고이
치 같은 면이 없다. 성적은 중위권에서도 그 중간이라 우등생은
아니지만 불량하진 않고, 얼굴도 예쁘장하지만 굉장히 눈길을
끌진 않는다. 분명히 말하자면 평범한 아이―이건 두 아들에게
도 해당된다―지만 어딘가 결정적으로 불성실한 면이 있다. 사

쿠라가 의상 디자인을 공부하고 싶다는 말을 꺼냈을 때도, 이번 결혼에 애써서 열정적으로 임할수록, 아야코는 어쩐지 수상함을 느낀다. 속이고 있다는 사실을 본인은 깨닫지 못하는 것이다. 사쿠라가 속이고 있는 건 타인이 아니라 자기 자신이라고 아야코는 생각한다. 그런 딸이 남편보다 아야코 자신을 닮았다고 인정하자니 저항감이 들지만. 그리고 그런 성질이 이 실종 사건에 불안의 요소일지 낙관의 요소일지도 전혀 모르겠지만.

"괜찮겠지?"

아야코가 도오루에게 말한다. 시간은 새벽 1시를 넘었고 둘은 침실에 있다. 잠이 올 것 같지 않았지만 이 시간에 거실에 있을 수도 없다. 아들들이 화장실에 가려고 일어나 나왔을 때 무슨 일이 일어난 건가 생각할 테니. 두 아이에게는 아직 사쿠라 일을 털어놓지 않았다. 둘 다 누나가 일찌감치 약혼자 집에 눌러앉은 거라고 그렇게 믿고 있을 것이다.

"괜찮은 거겠지? 토라져서 어딘가에 숨어 있는 거겠지?"

도오루도 아야코도 아직 잠옷을 입지 않았다. 도오루는 치노 팬츠에 후드집업, 아야코는 낮에 입은 것과 똑같이 스커트에 스웨터 차림이다. 히라쿠에서 돌아와 차례대로 목욕을 했지만 도오루가 잠옷을 입지 않아 아야코도 그대로 따랐다. 거기에 어떤 의미가 있는지 없는지는 애써 생각하지 않으려고 하면서.

"어쨌든 아침까지 기다려보자고."

도오루는 완전히 자신감을 잃은 것처럼 보였다. 지친 건 당연하다. 물론 아야코 자신도 몹시 기력을 소모했으니까. 하지만 자신감을 잃는 건 잘못됐다고 생각한다.

"괜찮겠지?"

그래서 반복한다. 괜찮다. 그렇게 말만이라도 해주면 좋겠다. 같은 말이라도 아까 아버지의 말과는 절대적으로 다른 무게와 온도로 아야코의 가슴에 와닿을 것이다.

"아침까지 기다려보자."

하지만 도오루도 역시 같은 말을 반복할 뿐이었다. 그러고선 옷을 입은 채 이불 속으로 들어가버렸다.

아침이 되어도 사쿠라는 돌아오지 않았고 아무 연락도 없어 집안에는 불안감만 감돌았다.

결국 고이치와 신지에게도 사실을 털어놓았다. 깜짝 놀라면서도 어떻게 반응해야 좋을지 혼란스러워하는 아들들은 일단 학교에 보냈지만 도오루는 결근했다.

아야코는 기계적으로 식탁을 치웠다. 혼란스러운 와중에도 아들들은 자기 몫의 커피와 토스트, 햄과 스크램블드에그를 평소대로 깨끗이 먹어치웠으나, 도오루와 아야코의 커피는 거의 줄지 않은 채 식어버렸다. 그 커피만 남기고 그릇들을 싱크대로 가져다놓고 돌아오자 도오루가 "이것도 가져가"라며 커피 컵을 밀어냈다. 아야코는 그걸 자신의 컵과 함께 한번 더 싱크대로 옮겼다.

"어디 가려고?" 도오루가 물었고, 아야코는 "옷 갈아입으려고" 하고 대답한다. 옷이 구깃구깃했다. 남편을 따라 옷을 입은 채 침대에 누웠으니까. 아야코는 당신도 옷 갈아입지? 하고 말해야 하나 망설이다 결국 말없이 침실로 갔다.

코네티컷이 선명하게 떠오른다. 커튼이 닫힌 채 어두컴컴하고 우중충한 침실의 광경을 파란 하늘과 바다와 하얀 언덕길이 잠식해간다. 불안 때문이라고 아야코는 생각한다. 일종의 도피인 셈이라고. 옷을 갈아입으면서 코네티컷을 걷는다. 아야코는 혼자다. 거리에는 코네티컷의 주민들이 있다. 영화에 자주 나올 법한 미국식 레스토랑이 있고 창문 너머에는 술 취한 두 여자, 엘로이즈와 메리 제인이 앉아 있는 모습이 보인다. 엘로이즈의 딸 라모나도 있다. 공상벽이 있는 안경 쓴 그 아이가 창문 밖을 바라보는데, 아야코와 눈이 마주치자 시시하다는 듯 외면한다. 서늘한 공기, 호숫가 냄새. 거리를 빠져나오면 언덕이 있다. 언덕을 올라가면 분명 바다가 내려다보이는 탁 트인 장소가 있으리라. 그리고 그곳에는……

벗어던진 스커트 주머니 속에서 휴대폰이 울려 아야코는 허둥

지등 스웨터에서 머리를 밖으로 내밀었다.

오전 10시가 지나 요시로가 찾아왔다. 혼자 올 줄 알았는데 사쿠라이 부부도 함께였다.

좁은 거실에 성인 다섯 명이 얼굴을 맞대고 앉는다. 탁자 위에는 무선 전화기가 덩그러니 놓여 있어 마치 유괴범의 전화를 기다리는 것 같다. "제가 댁으로 갈 테니 경찰에 연락하는 건 그때까지 기다려주세요"라고 말한 건 요시로였다. 어쩌면 사쿠라가 이 집에 숨어 있는 게 아닐까 의심했는지도 모르겠지만 물론 여기에 사쿠라는 없다. 요시로와 그 부모는 이런 상황을 핑계삼아 배려라고는 없이 그저 집안을 둘러보고 모든 의미에서 실망했다는 표정을 고스란히 드러낸다.

아야코는 차를 대접해야 할지 망설인 끝에 부엌으로 가 사람 수에 맞게 홍차를 우렸다(물론 티백이다. 이 집에는 그것뿐이다). 찻잔을 쟁반에 올리는 와중에 "자네는 정말로 짐작 가는 곳이 없나?" 하는 도오루의 목소리가 들려왔다.

"없습니다."

아야코가 거실로 돌아왔을 때는 이미 분위기가 험악해졌다.

"경찰에 전화하기 전에, 다시 한번 싸웠던 일에 대해 자세히 얘기해주지 않겠나?"

"전에 말씀드린 것 외에는 더 없습니다. 그리고 대체 자세히 알아서 어떻게 하실 건가요? 그걸로 사쿠라가 있는 곳을 알 수 있나요?"

"사건인지 사고인지. 아니면 사쿠라가 자신의 의지로 어딘가에 있는 건지. 경찰에 전화하기 전에 각각의 확률을 생각해두고 싶어서 그래."

"그런 건 경찰이 조사하는 거 아닌가요."

더는 못 보겠다는 듯 사쿠라이 씨가 입을 열자 도오루는 야단맞은 아이처럼 입을 꾹 다물었다.

아야코는 남편의 기분을 이해할 수 있었다. 경찰에 전화하면 사건이나 사고로 확정되어버릴 듯해 두려운 것이다. 금방이라도 사쿠라가 불쑥 돌아오지 않을까 하는 희망을 아직 붙잡고 싶은 거다. 아니면 혹 요시로를 의심하고 있는 건지도 모른다.

내가 말을 해야 해, 아야코는 생각했다. 요시로와 사쿠라이 부부를 이 집에 맞이한 순간부터 줄곧 그렇게 생각했다. 그런데 어떻게 말하는 게 좋을까? 이미 타이밍을 놓친 감이 있었다. 홍차 따윈 끓이지 말걸 그랬다. 게다가 어떻게 말해야 좋을지 모르겠는 동시에 아무 말도 하고 싶지 않은, 놀라울 만큼 몹시 선명한 재질의 암흑 같은 혹은 기묘하리만치 새파란 기분이 들었다.

그때 전화가 울렸다.

순간 모두가 얼굴을 마주보았고, 도오루가 전화를 받았다.

"아버님이세요?"

실망과 짜증이 뒤섞인 목소리로 도오루가 응답했다. 하필 이럴 때 전화를 건 사람이 아버지인 모양이다.

"네…… 네? 정말요? 어디서요?"

그런데 그후 전개가 예상치 못한 방향으로 흘러간다.

"확실한가요? 진짜 사쿠라였어요?"

"사쿠라한테 무슨 일 있어요?" 하는 요시로의 말을 무시하고 도오루가 수화기를 아야코에게 내밀었다. "당신이 다시 한번 확인해줘"라는 말과 함께.

"여보세요? 아빠?"

아야코가 주뼛주뼛 물었다. 대체 뭐가 어떻게 된 건지 알 수 없었다.

"오 그래, 아야코."

아버지는 태평스러운, 아니 아예 즐거워 보인다고 해도 좋을 목소리를 수화기에 불어넣고 있었다.

"있잖아, 이제 걱정 안 해도 돼. 아까 내가 사쿠라를 봤거든. 이케부쿠로에서, 버스를 타고 있었어. 길을 걷고 있는데 버스가 마침 신호에 걸려 서 있더라고. 문득 고개를 드니 사쿠라가 버스에 타고 있는 모습이 보였어. 틀림없이 사쿠라였어. ……그런데 아쉽게도 말을 걸기 전에 버스가 출발해버린 거야. 그래도 무사해 보였어. 이어폰을 끼고 음악을 듣고 있더라고. 그러니 걱정할 필요 없어. 오늘쯤 전화가 오지 않을까?"

고와쿠다니 온천 마을은 한때 매해 여름마다 가족여행으로 방문했던 장소였다.

현지에 도착하고 나서야 비로소 아야코는 그 일을 떠올렸다. 딱 한 번이었지만 후지야호텔에 묵은 적도 있다. 우리 가족에게는 큰맘 먹고 보낸 호사스러운 하룻밤이었고, 아이들보다 어른이 더 흥분했었다.

사쿠라가 머물고 있는 곳은 물론 후지야호텔이 아니었다. 하코네유모토에서 잡아탄 택시가 정차한 곳은 학교를 생각나게 하는 건물 앞이었다. 아야코가 기사에게 말한 이 호텔의 이름은 사쿠라가 알려준 것이었다.

사쿠라는 로비의 소파에 앉아 있었다. 신주쿠에서도, 하코네유모토에서도 전화했으니 아야코가 도착하기를 기다리고 있었으리라. 아야코는 딸의 얼굴을 보자마자 눈물이 날 것 같았지만 사쿠라는 아침에 전화했을 때와 똑같이 맥이 빠질 만큼 명랑했다. "미안, 미안" 하면서 손을 흔들며 다가왔다.

"혼자 왔지?"

아야코가 고개를 끄덕인다. 다 내려놓고 엉엉 울고 싶은 기분과 동시에, 한바탕 크게 웃고 싶은 충동이 밀려온다. "저도 함께 가겠습니다" 하는 요시로를 뿌리치고 아야코 혼자 로망스카*에 올라타 여기에 왔다. 남편을 포함해 그 자리에 있던 모두에게 몇 가지 거짓말을 하고서. 일단, 사쿠라이 가족이 오기 전 침실에서 옷을 갈아입을 때 사쿠라의 전화를 받았다는 건 밝히지 않았다. 그리고 아버지는 이케부쿠로가 아닌 신주쿠에서 사쿠라를 목격했고, 사쿠라와 얘기를 나누다 "지금 로망스카를 타고 하코네로 갈 거야"라는 말을 들은 거라고 전했다.

"다 챙겼어?"

"오늘 치 숙박료도 다 냈는데."

말은 그렇게 하면서도 사쿠라는 가방을 들고 서 있었다. 그 가방은 행방을 감춘 상견례 날에 들고 있던 것이었고 짐은 그게 다인 듯했다. "여기 연박하면 삼천 엔에 묵을 수 있어." 사쿠라는 새삼스레 변명하듯 그렇게 말하면서 걷기 시작한다.

"데리러 오지 않아도 됐는데. 어차피 내일쯤 돌아갈 생각이었으니까."

"데리러 와달라고 전화한 거잖아?"

---

* 도쿄 신주쿠에서 출발해 근교 주요 관광지에 정차하는 열차.

"꼭 그런 건 아닌데. 걱정하고 있으면 미안해서."

"걱정하는 게 당연하지."

아야코는 딸을 아주 호되게 야단치고 싶지만 그게 제대로 안 돼 목소리가 뒤집힌 것처럼 나와버렸다. 로비에서 불러준 택시에 올라탄다. 조금 전에 왔던 길을 딸과 나란히 돌아간다.

"결혼, 이렇게 해도 되는 걸까 싶은 생각이 들었어."

딸이 사라진 이유라면 그것밖에 떠올릴 수 없었다. 그런데 막상 지금 그 말을 듣자 아야코는 택시기사의 귀가 신경쓰였다.

"요시로랑 충분히 대화해봐."

"결혼하면 끝이잖아."

사쿠라는 그렇게 대꾸하더니 "끝이라기보다 뭐랄까, 더는 도망갈 수 없는 거잖아" 하고 고쳐 말했다. "왠지 그 레스토랑에서 그런 생각이 들었어. 결혼이라는 게, 엄청난 일이 아닐까 하는."

"어쨌든 일단 사과부터 해. 요시로랑 그쪽 부모님에게. 그리고 아빠한테도."

"네에."

대체 이 계집애는 자기가 무슨 짓을 한 건지 얼마나 알까. 아야코는 속으로 한숨을 내쉬고 그런 다음 문득 생각이 나서 물었다.

"여기 오기 전에 버스 타고 이케부쿠로 지났었어?"

"뭔 소리야, 그게."

사쿠라는 웃으면서 갑자기 왜 이케부쿠로가 나오는지 모르겠다고 대답했다. 요시로와 함께 있던 바에서 뛰쳐나온 날 밤은 롯폰기의 비즈니스호텔에서 묵고, 다음날 전철을 타고 신주쿠까지 가서 로망스카를 타고 여기에 왔다고 한다.

"그럼 그렇지."

아야코는 이번에야말로 큰 소리로 웃고 싶어졌다. 물론 그 전화를 받은 시점에 아야코는 이미 사쿠라가 하코네에 있다는 걸 알았기 때문에 아버지가 거짓말을 한다는 것도 알아챘다. 아버지는 날짜를 틀리는 정도가 아니라 완전히 새빨간 거짓말을 입에서 나오는 대로 아무렇게나 내뱉었던 것이다. 대체 어떻게 된 할아버지인가. 어째서 "그러니 걱정할 필요 없어"라는 거지? 이렇게 사쿠라가 무사하니 다행이지만 만약 최악의 사태가 일어났다면 그건 전 세계로부터 규탄을 당해도 할말이 없을 정도의 거짓말이다. 그랬다면 아버지는 어떤 변명을 할 생각이었을까?

하지만 한편으로 아야코의 마음속에는 그야말로 아무 근거도 없고 말도 안 되는 '아버지 만능설'이 자리잡고 있어서, 아버지는 사쿠라의 무탈을 알고 있었던 게 아닐까, 자신이 그렇게 생각했었다는 걸 인정하지 않을 수 없었다.

택시가 언덕길을 내려간다. 주위는 벌써 어스름하다. 멀리 있는 산이 시커멓게 가라앉아 보인다.

"코네티컷 같다."

아야코가 중얼거린다.

"응? 뭐라고?"

사쿠라가 되묻는다.

"엄마는 있지, 코네티컷의 무덤에 묻히고 싶다는 생각을 해."

"응?"

"코네티컷에 분양 묘지 같은 게 있을까?"

"왜 그래, 엄마."

사쿠라는 웃고 있지만 어쩐지 불안해하는 것도 같다. 더 불안해했으면 좋겠다고 아야코는 생각한다. 자기 멋대로 결혼을 결정하고, "결혼이라는 게, 엄청난 일이 아닐까"라는 감상에 빠져서 자기 멋대로 그걸 또 백지화하고. 이 아이를 위해서라도 조금은 따끔한 맛을 보여줄 필요가 있다.

"난 멋있는 여자였어, 안 그래?"

그래서 아야코는 한번 더 그렇게 내뱉는다. 그건 「코네티컷의 비칠비칠 아저씨」에서 엘로이즈가 과거를 회상하며 흐느끼면서 마지막으로 읊조리는 대사였다.

수치

그해 초, 아카기 게이치로*가 스물한 살의 나이로 죽었다.

그러고서 한동안 다락방에서는 그런 식으로 죽고 싶다는 얘기가 인기 있는 화제였다. 닛카쓰 촬영소에 때마침 세일즈맨이 판매하러 온 고카트에 시승했다가 액셀과 브레이크를 착각하고 잘못 밟아서 벽에 격돌했던 배우의 죽음을 두고 저마다 다양한 변주를 선보였다.

다락방은 글자 그대로, 1층에 당구장이 있는 건물의 지붕 밑에 위치한 한 칸짜리 방이었다. 원래는 누군가의 거주지였던 곳

---

* 일본 영화배우(1939~1961). 촬영중 쉬는 시간에 지붕과 문이 없는 소형 경주용 차인 고카트를 시승했다가 사고로 사망했다.

이 아지트처럼 쓰이게 됐다. 천장이 경사져서 똑바로 서서 걸을 수 있는 공간은 얼마 안 됐지만, 나름대로 바닥 면적이 넓었고 가구라 할 만한 것이 거의 없었기 때문에 수시로 스무 명 정도의 남녀가 모여 빈둥거리곤 했다. 벽에는 온갖 연극 포스터가 붙어 있고, 바닥에는 술병과 유리컵과 수면제를 담은 그릇이 나란히 있었다.

모모코가 연인에게 이끌려 처음 그곳에 왔던 날에도 세례의 식인 양 그 질문에 답해야 했다. 모모코는 그 세일즈맨의 아내가 되어 원한을 품은 팬에게 기습 공격을 받아 죽고 싶다, 고 적당히 대답했다. 연인은 다른 사람들만큼 웃지 않았다. 아마 모모코가 거기서 좀더 주뼛주뼛하기를 바랐을 것이다. 그후 그는 모모코와 헤어지고 다락방에 오지 않았지만, 모모코는 토요일마다 전철을 타고 줄곧 그곳에 다녔다.

스물일곱 살인 모모코는 그 장소에서 연장자에 속했다. 누가 나이를 물어보면 솔직하게 대답했지만, 묻지 않으면 그보다 훨씬 어리게 여겨졌다. 체구가 작고 가녀리기 때문이기도 했다. 일할 때는 하나로 질끈 묶기만 하는 머리를 토요일 저녁에는 양 갈래로 땋아 고리 모양으로 만들었다. 소심한 변장이다. 그렇더라도 무슨 일을 하느냐고 누군가 물어오면 고등학교에서 국어를 가르친다고 솔직하게 대답했다. 물론 학교명까지는 알려주지 않았고, 그 일로 몇 번인가 예상치 못한 일에 휘말려 적극적으로 밝히는 일도 없었다.

가을이 되고 또다시 다락방에 제격인 사건이 보도됐다. 스물한 살의 간호사가 중학생인 여동생에게 크레졸을 주사해 살해한 것이다. 여동생이 임신한 일을 수치스럽게 여겨 벌인 범행이라고 보도됐다. 이번에는 크레졸 주사를 맞고 죽고 싶다는 사람이 없었다. 다들 분개했다. "수치스럽다니, 용납할 수 없는 역행이다"라면서. 함께 분개하는 게 그곳에 있을 수 있는 허가증 같은 것이었다.

모모코는 천장이 낮은 벽면의, 무릎을 끌어안은 자세로 몸이 쏙 들어가는 그 공간을 여느 때처럼 차지하고 토리스*를 홀짝홀짝 마시고 있었다. 여기서 마시는 건 항상 그것뿐이고 가끔 담배를 피워볼 때도 있지만 수면제는 먹지 않았다. 잠들기 위해서가 아니라 만취하기 위해 먹는 게 유행이었으나 모모코는 그러고 싶지 않았다. 오히려 이런 장소에서는 각성하고 있는 게 자신에게 중요하다고 생각했다.

무시무시한 사건이라고는 생각했어도 깨어 있으면 큰 소리로 분개하는 모습을 보일 필요도 못 느꼈다. 살해당한 여동생이 자

---

* 일본의 주류회사 산토리에서 판매하는 위스키의 상품명.

신이 가르치는 아이들보다 훨씬 어리다고 하고, 안타깝게 여겨지기도 했지만, 모모코는 그 이상으로 언니를 동정했다. 자신의 감정이 여동생보다 언니 쪽에 가까움을 느꼈다. 여동생의 임신이 수치스러웠다고 형사와 그 밖의 다른 사람들 앞에서 말할 수밖에 없게 되기 전에, 또는 그 이외에 그녀의 마음에 오갔을 일들을 생각했다.

천장이 높은 쪽에는 술에 취해 목소리가 커진 무리가 있었다. 모모코보다 훨씬 어린 사람들이다. 여자애들은 미니스커트 차림으로 벽에 기대 맨다리를 아무렇게나 뻗어 앉았고, 남자들은 채소 품평이라도 하듯 그 맞은편에 책상다리를 하고 앉아 있었다.

"나한테 말했으면 그애랑 결혼해줬을 텐데."

어떤 목소리 하나가 모모코의 귓가에 들렸다. 수많은 목소리가 안개비처럼 내려앉은 방에서 그 목소리만은 왠지 본래의 의미를 지닌 한 문장의 말로 인식된 것이다. 목소리를 낸 사람은 무리 속 청년이었고, 그만 맞은편이 아니라 여자애들과 나란히 벽 쪽에 앉아 있었다. 여자애들과 비슷한 키에 깡마른 젊은 남자였고, 마침 바로 위에 영화 〈너티 걸〉의 포스터가 붙어 있어 망사 스타킹을 신은 브리지트 바르도의 다리가 그의 머리에서 자라난 듯한 광경이 됐다.

남자의 말에 어떤 반응이 있을까 싶어 모모코는 지켜보았지만 다른 남녀 애들은 희미한 미소만 지을 뿐 상대하려 하지 않았다. 아마 이번만 그런 게 아니라 어느 때라도 이 남자의 발언은 그런 식으로 취급되고 있으리라. 모모코가 무방비 상태로 지나치게 쳐다본 모양인지 그가 모모코의 시선을 포착하고 히죽 웃었다. 속눈썹이 길고 얼굴이 갸름하면서 강아지 같기도 여자 같기도 한 생김새였다.

모모코는 그 사건에 평소와 달리 계속 관심을 가졌고, 그런 자신을 비열하게 느끼기도 했지만 그 관심에 대해 설명할 만한 이유도 있었다.

제자 중 한 명이 비슷한 상황에 빠져 있었기 때문이다. 그렇다고 그 스미에라는 얌전한 우등생이 임신을 한 것도, 물론 살해당한 것도 아니었다.

여름방학이 끝나고 여전히 몹시 더운 어느 날 방과후, 음악실 뒤쪽 잡목림 안에서 스미에가 여학생들 일고여덟 명에게 에워싸여 있었다. 그곳은 모모코가 다른 교사나 학생들에게서 벗어나 한숨 돌리기 위해 이따금 몰래 숨는 장소이기도 했는데 거기서 우연히 마주친 것이다. 여기서 뭐하는 거냐고 말소리를 내자 에워싸고 있는 여자애들도 스미에도 아무 말 없이 뿔뿔이 흩어졌지만, 그후로 주의깊게 지켜보니 스미에를 두고 확실히 불온한

낌새가 느껴졌다. 스미에나 그 반의 리더 격인 여학생을 불러서 얘기를 들어봐야겠다고 생각하던 참에 교직원 회의가 열렸다. 거기서 협의를 하는 둥 마는 둥 하더니 결정된 건 스미에의 정학 처분이었다. 불순한 이성 교제가 그 이유였다.

"여름방학 동안 여기저기서 본 사람들이 있나봐, 남자랑 같이 있는 모습을. 서로 껴안다시피 딱 붙어 있더라는 목격담도 한두 개가 아니고……"

모모코가 새엄마에게 말한다. 둘은 식탁에서 마주보고 저녁을 먹고 있다. 지질 조사 기술자인 아버지는 출장이 잦아서 이날도 집에 없었다.

"이상야릇한 장소에서도 나왔다나봐. 남자랑 단둘이 있을 수 있는 곳. 그 모습을 봤다는 사람한테 그러는 당신은 왜 그런 곳에 있었느냐고 묻고 싶지만."

새엄마는 가지절임에 젓가락을 가져갔다가 모모코의 시선을 알아채고 "너무 많이 절여졌나?" 한다. 물론 모모코는 스미에의 일을 소리 내서 말한 게 아니다. 마음속으로만 재잘거렸을 뿐이다. 새엄마에게도 아버지에게도 필요하지 않은 건 얘기하지 않는다.

"어때?"

새엄마가 계속해서 묻는다. 그 말을 모모코는 마음속으로 (너도 그런 일이 있었니?) (남자랑 단둘이 있을 수 있는 야릇한 장소에 간 적이 있어?)라고 변환한다. 모모코가 살짝 웃어서 새엄마는 당혹스러운 얼굴이 되었다.

"가지절임, 좀 시지 않아?"

"그러네."

퉁명스러운 모모코의 대답에 새엄마는 입을 다물어버린다. 하지만 오 분도 채 지나지 않아 다음 화제를 찾아 말을 꺼낼 것이다. 모모코는 그렇게 생각하고 짜증낼 준비를 한다.

친엄마는 모모코가 열 살 때 병으로 죽었다. 그다음 해에 아버지는 지금의 새엄마와 재혼했다. 새엄마도 그전 해에 배우자를 병으로 잃고 다른 사람의 소개를 받아 한 중매 재혼이었다.

새엄마와의 관계는 어릴 때가 더 좋았다. 새엄마를 엄마로 인정하자고, 적어도 좋아하는 마음을 갖자고 노력했다. 물론 새엄마도 노력했다. 어른인 만큼 모모코의 몇 배는 더 노력했다고 할 수 있을지도 모른다. 재혼한 두 사람은 자식을 갖지 않았는데, 그것도 아버지가 아닌 새엄마의 노력이었을 것이다. 전남편이 결혼하자마자 투병하느라 피를 나눈 자식을 갖지 못했음에도 말이다.

새엄마가 나쁜 사람은 아니었다. 나쁜 점은 하나도 없다. 그걸 인정하면서도 모모코는 성장해가면서 새엄마를 받아들일 수 없게 됐다. 받아들이면 자신도 새엄마 같은 여자가 되어버릴 것 같아 두려웠다. 두려워하는 자신에게 화가 나서 그 분노를 새엄마에게 겨누곤 했다.

초인종이 울린 건 슬슬 식사가 끝나가던 때였다. 모모코가 현관으로 나가자 스미에가 서 있었다. 그날은 일요일이었는데 스미에는 교복인 세일러복 차림으로 가방 같은 건 전혀 들지 않고 우두커니 서 있었다.

"선생님, 도와주세요."

모모코는 스미에를 데리고 집안으로 들어왔다. 2층에 있는 자기 방으로 가려면 주방 옆 계단을 올라가야 했는데, 그렇지 않더라도 모모코는 일부러 주방을 지나갔을지 모른다. 새엄마에게 스미에를 보여주기 위해서.

"학교 학생이야. 사정이 좀 있어서 날 찾아왔어. 2층에서 얘기할게."

접시를 깨끗이 비우려고 남은 음식을 입으로 가져가던 새엄마가 당황한 모습으로 고개를 끄덕였다.

"죄송합니다…… 식사하시는 중에."

계단을 오를 때 작은 목소리로 사과하는 스미에에게 모모코는 괜찮아, 하고 말했다.

"저 사람은 계모라서."

모든 의미에서 부적절한 대답임이 분명했지만 모모코는 일그러진 만족을 느꼈다. '계모'라는 단어를 사용한 건 이때가 처음이었다.

스미에가 교복을 입고 있던 이유는 사복을 빼앗겼기 때문이었다.

정학 기간 내내 집에서도 교복 차림으로 지내라고 부모가 명령했던 것이다. 스미에의 부모, 특히 아버지는 이번 일로 미친듯이 분개하는 모양이다. 거의 연금 상태로 지내던 집에서 그날 밤 스미에는 목욕탕 창문으로 몸을 밀어넣어 탈주했다.

"돈도 다 뺏겼어요. 그 사람 만나러 가야 하는데 전철 요금도 없어서."

학교에서 모모코가 담임을 맡지 않았기 때문에 스미에는 국어 수업 때 만나는 게 다였다. 공부를 열심히 하고 질문도 자주 하러 와 다른 학생보다는 어느 정도 접점이 많았을지도 모른다. 게다가 자신이 그 여학교 교사 가운데 '대화가 통하는' 어른으로 학생들에게 인식되고 있다는 걸 모모코는 알았다. 주말에 저속한 장소에 드나든다는 건 모두에게 비밀로 했지만, 학생들 혹은 자신이 수업에 지쳤다 싶을 때는 일부러 사생활을 슬쩍 내비치는 분위기를 풍길 때도 있었다.

그게 이런 사태를 초래한 셈이다. 모모코는 속으로 한숨을 내쉬며 스미에를 관찰했다. 자신은 책상 의자에 앉고 스미에는 침대에 걸터앉게 했다. 세일러복은 아직 하복 차림이라 흰색 상의의 반소매 사이로 햇볕에 그을린 팔이 뻗어나와 있다. 분명 여름 내내 남자를 만나기 위해 이리저리 쏘다녔으리라. 수수하게 생긴 아이인 줄 알았는데 이렇게 자세히 보니 이목구비가 반듯하다. 가늘고 긴 눈매, 가녀린 체구, 매끈하게 긴 목. 자신을 아름답게 보이게 하는 일에 무관심하도록 지금껏 줄곧 교육받고 그대로 따랐을 것이다. 그 아름다움, 혹은 아름다움과 함께 봉인됐던 것이 지금 그애의 땀냄새와 함께 새어나오기 시작했고 모모코는 숨이 막혔다.

"만나러 가야 하는 거야?"

모모코가 말꼬리를 잡아 짓궂게 묻자 스미에는 "네" 하고 다소 반항적인 표정으로 고개를 끄덕였다.

"결혼을 약속했거든요. 그걸 남자친구가 확실하게 얘기해주면 부모님도 이해해줄 거라고 생각해요."

"결혼? 학교는 어떻게 하고."

"학교 따위야 뭐……"

"상대는 몇 살이니? 뭐하는 사람이야?"

"사랑에 그런 게 무슨 상관이에요."

모모코는 얼떨결에 혀를 찰 뻔했다. 남자가 있다는 이유만으로 그 얌전했던 아이가 이렇게까지 되바라지게 말할 수 있는 건가.

"사랑에는 자신 있다는 뜻이네?"

모모코가 더욱 짓궂은 말투로 그렇게 묻자 스미에는 입술을 굳게 다물고 더는 대꾸하지 않았다.

결국 '도와달라'는 건 돈을 빌려달라는 뜻인 것 같았다. 하지만 모모코는 빌려주지 않았다. 스미에는 분명 모모코에게 응석을 부리는 것이지만 자신은 스미에가 생각하는 그런 사람이 아니라고 판단했기 때문이다. 모모코 안에는 모순이 있었다. 이 일로 그 모순이 드러나 모모코는 화가 났다.

돈을 빌려주는 대신 그날 밤 재워주기로 했다. 스미에의 집에 전화를 걸어 아이가 교사의 집에 와 있다는 사실을 전하고 숙박을 허락받았다. 사실 모모코는 전화하면 부모가 아이를 데리러 와 더이상 엮이지 않고 이 일을 끝낼 수 있지 않을까 생각하기도 했다. 그러나 막상 전화로 아버지와 얘기해보니 이미 스미에를 흠집 난 물건으로 간주하는 그 말투에 반발심이 생겨 정학 기간 내내 아이를 자기 집에 있게 하겠다고 모모코가 먼저 제안해버렸다. 의사도 포기한 환자를 시설에 넣어버리듯 뻗대는 척하지만 내심 안도한 기색이 역력한 태도로 동의한 그는 이 일이 모모코 개인이 아닌 학교측의 조치라고 믿었을 것이다. 하지만 모모코는 학교에 아무 보고도 하지 않았다.

그렇게 스미에와의 날들이 시작됐다. 모모코 아버지의 부재가 정학 기간과 거의 겹쳤기 때문에 아버지가 서재 겸 자료보관실로 쓰는 다다미 네 장 반 크기의 공간을 정리하고 거기서 재우기로 했다. 모모코는 스미에에게 옷을 빌려주면서도 자신이 출근한 동안 집에서 나가지 말라고 엄명을 내렸기에 이 또한 연금이나 다름없었다. 다만 정학 처분이라는 게 애초에 그런 일이니 스미에도 납득한 듯했다. 적어도 이 집에는 그 아이를 면전에 두고 흠집 난 물건으로 부르는 사람이 없었고, 남자를 만나러 가는 건 금했지만 전보를 부치는 건 허락했으니까(남자와 연락하는 수단이 편지와 전보밖에 없는 듯했다).

"얌전히 있더라고."

저녁 무렵, 모모코가 귀가하면 새엄마가 마중나와 일단 그렇게 보고했다. 스미에가 온 뒤로 그 보고가 "어서 와" 하는 인사를 대신하는 듯했다. 새엄마와 스미에가 둘이서 점심을 먹을 때의 상황 등을 알리며 "가정 교육을 잘 받은 아이더라"라고 할 때도 있었다. 새엄마에게는 스미에가 정학당한 사실을 말해뒀지만 그 이유까지는 밝히지 않았다. 정학 처분을 받은 학생을 돌보고 있다는 사실을 이해하기 위해 새엄마는 분명 자기 편한 쪽으로 상상하고 있으리라 모모코는 생각했다.

　새엄마의 보고가 끝나는 순간을 계산이라도 한 것처럼 스미에가 서재에서 나왔다. 모모코의 옷 중에서 그래도 입을 만한 것을 걸치고 있었지만 스미에에게는 좀 작았다. 너무 짧은 소매와 지나치게 꽉 끼는 앞가슴이 어딘가 사람을 당황스럽게 하는 인상을 자아냈다. 셋이서 둘러앉아 저녁을 먹었다. 새엄마가 말한 대로 스미에의 행동에서 가정 교육을 잘 받았음을 엿볼 수 있었지만 대화는 거의 나누지 않았다. 모모코는 그날 학교에서 있었던 일을 알리고 들려주려는 노력을 일찌감치 포기해버렸다. 그래서 새엄마만 이제껏 그래왔듯이 아무래도 상관없을 것들을 띄엄띄엄 말했고, 그러면 스미에는 그쪽을 향해 꽤 예의바르게 응했다.

　결국 이 아이는 중요한 건 아무것도 말하지 않기로 결심했구나, 모모코는 생각했다. "선생님, 도와주세요" 하고 간절한 목소리를 냈을 때는 아니었겠지만 그후 어느 순간에 그애는 모모코에 대해 단념했는지도 모르겠다.

　저녁식사가 끝나면 모모코는 스미에를 자기 방으로 불러 한시간 정도 공부를 봐주었다. 국어 외의 교과는 준비하지 않았는데, 어차피 모모코는 다른 교과를 국어만큼 중요하다고 생각하지 않았다. 거실 책장에 있는 책을 마음대로 읽어도 된다고 말해뒀기에 책 얘기를 하는 날도 있었다. 스미에는 『한여름 밤의 꿈』

이나 『템페스트』에 대해 빈틈없는 감상을 말했다. 그럴 때면 불현듯 교사의 열정이 깨어나 그애에게 좀더 말하게 해야 할까 싶기도 했다. 셰익스피어가 아니라 스미에의 연인에 대해서. 어디서 만났는지, 어떤 식으로 가까워졌는지, 어떤 이야기를 나누고 무엇을 하는지. 궁극적으로는 어떤 남자인지를. 얘기하다보면 스스로 깨닫는 점도 있을 테고 냉정해질 수도 있으리라.

하지만 한편으로 "그런 얘기 하는 거 딱 질색이다" 같은 말을 들으면 그애에게 어떤 반응을 보여야 할지 모르겠다는 생각이 들어 외면하기도 했다. 스미에가 남자에 대해 아예 말하지 않는 것도 모모코의 그런 부분을 감지했기 때문인 게 분명하다.

스미에와의 날들이라고 했지만 모모코가 실질적으로 그애와 교류하는 시간은 별로 없었다. 모모코는 늘 스미에의 존재를 까칠까칠한 돌멩이처럼 여기고 있었다. 토요일 오후에는 학교에 갈 일이 없는데도 스미에를 두고 집을 나갔다. 다락방에 가야 했기 때문이다.

그날 저녁, 브리지트 바르도의 다리 밑이 비어 있어 모모코가 그 자리에 앉았다.

삼십 분 정도 흘러 젊은 무리가 들어와 모모코 쪽을 힐끔 살피면서 다른 구석으로 갔으나, 잠시 후 "나한테 말했으면 그애랑 결혼해줬을 텐데"라고 지껄였던, 강아지 같기도 하고 여자 같기도 한 생김새의 남자가 혼자 되돌아와 모모코 옆에 앉았다.

술과 약, 틀림없이 둘 다에 이미 흠뻑 취한 냄새가 났다. 하지만 모모코에게 이름을 묻기 위해 자기 이름을 댈 때 그 혀 꼬부라진 말투에는 왠지 일부러 그러는 듯한 면도 있었다. 그 점에 모모코는 어렴풋한 친근감을 느끼고 방심도 했다. 남자의 이름은 다쿠토라고 했다.

"그런데 슬슬 그만둘까 생각중이야."

정신 차리고 보니 모모코는 그렇게 말하고 있었다. 다쿠토가 직업을 물어서 모 여학교의 국어 교사라고 밝힌 직후의 일이었다. 입 밖에 꺼낸 뒤 스스로도 놀랐다. 그만두고 싶다는 생각이 자기 안에 오래전부터 잠재했던 건 틀림없지만, 그것과 별개로 자신이 지금 이 남자에게 아양을 떨었다고 느꼈기 때문이다.

"왜?" 하고 되묻는 다쿠토의 얼굴에 모든 걸 꿰뚫어보는 듯한 엷은 미소가 떠올랐고 모모코는 얼굴이 붉어졌다.

그래서 마치 변명하듯 스미에의 일을 얘기해버렸다. 남자와 잤다고 정학 처분을 내리다니 말이 안 된다, 그런 도덕 문제에 가담하는 것도 이제 넌더리가 난다고. 어차피 스미에를 몰래 숨겨주고 있는 게 학교에 발각되면 문제가 될 거라고도 말했다. 모든 게 사실이었지만 얘기를 하면 할수록 거짓말을 늘어놓는 듯한 기분이 들었다. 자신이 무슨 이유에선지 어쩔 수 없이 스미에를 멀리하고 있음을 밝히지 않았다는 것이 한 가지 원인인지도 모르겠다.

"상대는 어떤 남자야?" 다쿠토가 물었다.

"몰라, 아무 얘기도 안 하려고 해서."

억지로 물어볼 마음도 없고, 하고 모모코는 덧붙여 말하고는 다시 얼굴을 붉혔다.

젊은 무리가 장소를 바꾸기로 했는지 줄줄이 계단 쪽으로 향하기 시작했다. 두 사람 앞을 지나갈 때 무리 중 한 명이 다쿠토에게 말을 걸었지만 그는 일어서지 않았다. 그러자 소리 없는 웃음이 새어나오고 몇 사람인가 뒤를 돌아보았지만 모모코는 눈치채지 못한 척했다.

"신이네."

"응?"

"그 남자 말이야. 신 같은 존재일 거야, 그 여자애한테는."

그러네, 하고 모모코는 고개를 끄덕였다.

"하지만 아직 열여섯 살이라."

취기를 빌미로 모모코의 말이 함부로 나갔다.

"그래서?" 다쿠토가 재밌다는 듯 되물었다.

"연애라 할 수 없을지도 모르지. 성에 탐닉하는 것뿐일지도."

"탐닉해본 적 있어?" 하고 다쿠토가 물었다.

모모코는 새엄마의 얘기를 건성으로 듣고 있었다.

다쿠토와의 잠자리가 머리에서 떠나지 않았다.

"아버지 돌아오시기 전에 저애는 집으로 돌려보내야지."

밤이 되자 평소대로 스미에가 자습을 마친 뒤 서재로 돌아가면서 교대하듯 새엄마가 모모코의 방으로 찾아왔다. 자기 손으로 문을 꼭 닫아놓고도 몇 번이나 뒤를 돌아보며 작은 소리로 말했다.

"아버지는 신경쓰지 않을 것 같은데. 내가 말할게."

"정학은 언제까지야?"

앞으로 이틀 남았다. 아버지는 내일 오후에 돌아온다. 그전에 스미에를 집으로 돌려보내는 건 적절한 생각이다. 하지만 모모코는 그렇게 생각하면서도 "우리 사정 때문에 무책임한 행동을 하면 안 되지" 하고 말했다.

새엄마가 모모코에게 몸을 바짝 붙여왔다. 목소리를 더 낮추기 위해서였다.

"저애는 뭐 때문에 정학을 당한 거야?"

"이유가 무슨 상관인데?"

"저애가 우리집에서 전보를 부쳤어? 답장이 안 온다고 나한테 그러는 거야. 우리가 전보를 숨겼다면서. 안색을 싹 바꾸고 나한테 따지더라고. 정학당한 이유가 남자랑 문제를 일으켜서야?"

이 집에 시집온 뒤 줄곧 걸치고 있던 조심스러움과 배려의 코트를 처음으로 벗은 듯한 태도였다. 그건 새엄마가 스미에에게 공포를 느끼는 탓이라고 모모코는 생각했다.

역시 이 대화로 인해 모모코는 거의 처음으로 새엄마에게 동정심을 느꼈다. 모모코도 스미에를 멀리하는 게 아니라 두려워했던 거다. 그걸 마침내 인정하게 된 이유는 다쿠토와 잤기 때문일까? 기억이 급류처럼 모모코를 휩쓸어간다. 히가시키타자와의 지저분한 연립주택, 종잇장처럼 얇고 축축한 이불, 가늘고 힘줄이 불거졌어도 놀라울 만큼 제멋대로 밀어붙여 움직이는 팔.

모모코는 그날의 광경을 하나하나 상세하게 새엄마에게 들려주고 싶다는 충동에 사로잡혔다. 달아나려고 하면 잡아서라도, 귀를 막으려고 하면 양손을 붙잡아서라도.

결국 모모코는 다음날 학교에 가기 전에 스미에를 집까지 바래다주었다. 새엄마의 의견을 따라서가 아니라 스미에가 그러길 원했기 때문이다. 분위기를 눈치챘을 수도 있고, 연인의 전보나 편지가 오지 않는다면 더이상 이 집에 있을 필요가 없다고 판단한 건지도 모른다. 어찌됐든 모모코는 자신이 한숨 돌렸다는 사실을 인정할 수밖에 없었다.

다음주부터 정학이 풀려서 스미에는 원래대로 통학하기 시작
했다. 교내에서 얼굴을 마주치는 일이 있으면 스미에가 아무 일
도 없었다는 듯 모른 척했기에 모모코도 그렇게 했다. 혹은 그
순서가 반대였는지도 모르겠다. 애들에게 에워싸여 비난당하는
일도 더는 없는 듯했다. 그런 일이 일어날 법한 장소를 스스로
피하기도 했지만. 정학 기간에 스미에가 모모코의 집에 있었다
는 사실은 여전히 학교에 알려지지 않았고, 시험내에 오른 듯한
기분으로 모모코는 교사 일을 계속했다. 스미에의 자살 미수 소
식이 전해진 건 한 달쯤 뒤의 일이었다.

　　스미에가 입원한 곳은 언덕 위에 위치한 작은 병원이었다.
　　스미에의 집에서 상당히 멀고, 그렇다고 최신 설비를 갖춘 대
형 병원도 아니다. 면회를 마치고 어두컴컴한 로비를 통과해 환
한 밖으로 나온 순간에 그래, 소문을 의식해서 그런 거구나, 하
고 모모코는 새삼 깨달았다.
　　한 아이와 엄마가 모모코를 스쳐 안으로 들어가려는 찰나였
다. 세 살 정도 되는 여자아이가 문 앞에서 갑자기 몸을 둥글게
말았다. 다음 순간, 수도꼭지라도 튼 것처럼 아이가 마구 구토를
했고 모모코는 자기도 모르게 뒤로 재빨리 피했다. "죄송합니다,
죄송합니다." 몸을 웅크리고 구두를 닦아주려는 아이 엄마를 제

지하고 모모코는 도망치듯 그 자리를 떠났다. 제일 가까운 역 안으로 들어가 발밑을 내려다보니 남색 미들힐 옆면에 허옇고 부연 비말이 얼룩덜룩 묻어 있었다.

모모코는 가방에서 손수건을 꺼내 얼룩을 닦고, 다 닦은 손수건을 쓰레기통에 버렸다. 그러자 갑자기 후회가 몰려왔다. 그야말로 구역질처럼. 이 손수건은 병원 앞에서 아이에게 내밀었어야 했다. 어찌할 바를 몰라 당황하던 아이 엄마에게 뭐라도 따뜻한 말 한마디를 건넸어야 했다. 그러지 않은 자신이란 인간의 근성을 역에 있는 사람들이 모두 아는 것 같은 기분이 들어 모모코는 고개를 떨구고 벽 쪽으로 걸었다. 정말로 속이 메슥거려 입가를 눌렀다.

스미에는 수면제를 복용했다. 다락방에서 돌려 먹는 것과 비슷한 약을 대량으로 먹은 것이다. 아침이 되어도 스미에가 일어나 나오지 않아 어머니가 가봤더니 혼수상태였다고 한다. 어머니는 학교에 결석신청서를 제출했다. 틀림없이 아버지와 의논했을 것이다. 그리고 밤이 되어서야 모모코의 집으로 전화가 왔다. 스미에가 만나고 싶어하니 와주면 좋겠다고, 어머니는 울먹이는 목소리로 부탁했다.

그래서 토요일인 이날 모모코는 학교에서 곧장 병원으로 갔다. 모모코가 스미에와 얘기하는 동안 어머니는 딸이 시키는 대로 병실에서 나가 있었다. 진심으로 죽을 작정이었던 건 아니라고 보지만 적어도 어머니를 마음대로 할 수 있는 효과가 있었다. 그리고 교사인 모모코에게도 같은 힘을 휘두를 수 있으리라 생각한 모양이다. 자신이 병원에 있다는 사실과 그 이유를 연인에게 알려주었으면 한다고 스미에는 말했다. 남자의 주소가 적힌 메모지가 이미 준비되어 있었다.

모모코는 전철 노선도를 올려다보았다. 기묘하다. 자신의 집과 스미에의 집, 그리고 남자의 집이 노선으로 이어져 있다는 게.

여러 번 와본 적 있는 장소임에도 모모코는 헤맸다. 지금껏 늘 밤에만 방문했기 때문일 것이다.

주택가를 빙빙 돌아 걸어가면서 분명 못 찾을 거라고 생각했다. 낮에는 존재하지 않는 장소니까, 분명히. 못 찾았으면 좋겠다고 바라기도 했지만 결국 도착했다. 대낮의 환한 빛 속에서 까맣게 낡고 찌든 모습을 드러낸 이층집의 외부 계단을 올라가 그 집 문을 두드렸다.

분명 없을 거야, 없으면 돼, 하고도 생각했다. 없으면, 애초부터 아무도 없었다고 할 수 있을지도 모르니까. 하지만 두번째 노크에 문이 열렸고 그곳에 다쿠토가 서 있었다. 그는 자다 일어난 부스스한 얼굴로 "어?" 하고 말했다.

"이시카와 스미에는 내 제자야."

그 말을 입 밖으로 내자 어딘가 우스꽝스러운 느낌이 들었다. 그래서 어쩌란 말인가.

"스미에가 자살을 시도했어. 당신이 차갑게 대했기 때문이야. 당신이 와주길 바라고 있어. 난 당신을 불러와달라고 부탁받았고."

아무 반응이 없어 모모코는 말을 이어갔다. "자살?" 그제야 다쿠토는 목소리를 냈지만 충격을 받은 모습은 아니었다. 아무래도 성가신 듯했다.

"그러지 말고, 들어와."

다쿠토가 몸을 살짝 비키자 집안이 보였다. 지저분한 방. 지저분한 이불. 저 위에 적어도 내 머리카락과 스미에의 머리카락이 떨어져 있다는 건가.

"방에는 안 들어갈 거야. 같이 안 갈 거면 이대로 돌아갈게."

"알았어, 갈게."

모모코는 놀랐다. 설마 같이 갈 거라고는 생각하지 않았다. 다쿠토는 일단 방에 들어가더니 러닝셔츠 위에 윗옷을 한 장 걸쳐 입으면서 바로 나왔다.

역으로 향하는 길에 기울기 시작한 해가 둘의 그림자를 기다랗게 만든다. 모모코는 목화솜 위를 걷는 것 같았다.

"병원에는 스미에의 어머니가 계셔."

다쿠토를 못 가게 하려는 말이었으나 그는 "할 수 없지" 하고 어깨를 으쓱 추켜올릴 뿐이었다.

"가서 어떻게 할 생각이야?"

"뭐, 위로하는 수밖에 없지 않나."

"그애를 좋아해?"

그러자 다쿠토는 걸음을 멈추고 모모코의 얼굴을 지그시 바라보며 "좋아해"라고 말했다.

이 남자는 스무 살이다. 모모코는 문득 그 사실이 생각났다. 스미에한테 듣고 실제 나이를 알게 된 지금도 그는 모모코가 처음부터 그렇게 정해둔 대로 스물네다섯 살로 보였다. 스무 살의 풋풋함 따위는 찾아볼 수 없었다. 이런 남자는 요절할지도 모르겠다. 아니, 이런 남자는 누군가 냉큼 죽여버리는 게 좋겠다.

또다시 위장 속에서 뭔가가 치밀어올라와 모모코는 몸을 숙였다. 그 자세로 한동안 가만히 있으면 어떻게든 견딜 수 있었다. 고개를 들자 다쿠토가 불안한 듯 보고 있다.

"괜찮아? 배탈이라도 난 거야?"

"임신해서 그래."

"임신?"

아, 아까와 똑같은 얼굴이다, 모모코는 생각했다. "자살?" 하고 되물었을 때와. 이것이 그에게 비슷한 정도의 무게라면 저울

질해볼 의미는 있겠지.

천칭은 어느 쪽으로 기울까. 자신이 정말로 원하는 게 어느 쪽 결과인지 모모코는 알지 못했다. 버림받을 것인가, 버리게 할 것인가. 다만 분명한 한 가지는, 다쿠토가 스스로 선택하게 하리라는 것이었다. 그러기 위해 지금 털어놓았다. 어쨌든 어떤 결과가 되더라도 수면제를 먹진 않을 거라고, 모모코는 생각한다. 자신은 저 어린 여자애보다 훨씬 강하니까. 이것을 수치라고 생각하지 않으니까.

빨리 집에 가고 싶어

소타가 네 살 때, 눈을 떠보니 부모님이 이불 위에 몸을 일으키고 앉아 서로 마주보고 있었다.

"있지, 나, 결심했어." 엄마가 아버지를 향해 그렇게 말했다. "나, 이제 아무 말도 안 하기로 마음먹었어. 당신이 뭘 하든 안 하든 이제 아무 말도 안 할 거야."

아버지는 대답이 없었다. 소타에게는 잠자코 서로를 마주보는 부모님의, 엄마의 옆얼굴만 보였다. 오렌지색 꼬마전구만 켜진 깊은 밤 방안에서 엄마의 뺨은 도자기 같았다.

엄마가 죽는구나. 왠지 모르게 소타는 그 순간 그렇게 생각했다. 아침이 됐을 때 그 공포심은 흐릿해졌지만 그후 가끔씩 되살아났다. 공포심이 이는 건 대개 한밤중이라 부모님 방에서 지낼

때까지는 괜찮았지만 초등학교에 들어가고 누나들과 함께 자게 되자 오늘밤에라도 엄마가 죽는 게 아닐까 불안해서 잠들 수가 없었다.

부모님 방을 엿보는 버릇은 열 살 때까지 고쳐지지 않았다. 세 들어 사는 집의 구조상 그러려면 일단 현관을 나가야 했다. 그리고 옆쪽 현관에 살며시 열쇠를 꽂아 문을 연 뒤, 들어가면 바로 오른쪽에 있는 침실의 두꺼운 장지문이 대개 꽉 닫혀 있지 않았기 때문에 그 문틈으로 얼굴을 밀어넣었다. 두 채를 나란히 깔아둔 이불 한쪽에 아버지는 있거나 없거나 했는데 그건 중요하지 않았다. 엄마가 확실히 거기에 있고 잠자는 숨결에 이불이 오르락내리락하는지 확인한 뒤에야 소타는 안도하고 자기 방으로 돌아갔다.

어째선지 이 버릇은 부모님도 누나들도 줄곧 눈치채지 못했는데, 그래서 어느 밤에도 부모님 거처의 현관문을 열었더니 엄마의 신음소리가 들려왔고, 평소보다 좀더 열려 있던 장지문 틈새로 벌거벗은 두 사람의 몸이 뒤엉킨 게 보였다. 소타는 그게 섹스하는 중이라는 걸 알았다. 그 무렵 학교에서는 어른이 되면 그런 일을 한다는 얘기가 한창이었기 때문이다. 그후 버릇은 싹 고쳐졌다. 부모님의 섹스를 봐버렸다는 충격과 함께 안도감이 들었다. 그것을 계속하는 관계라면 엄마가 죽는 일은 없을 거라고,

소년의 머리로 그렇게 생각한 것이다.

　이제 중학교 2학년이 된 소타가 약간 색이 바랜 청록색 블레이저를 입고 가게 문을 연다.

　평소 아침은 2층의 작은 부엌에서 먹지만 이날은 아래층에서 먹을 거라며 누나 도키코가 부르러 왔다. 그렇게 하는 건 2층에 가족이 전부 들어가지 못하기 때문인데, 그 말은 즉 이날 아침은 아버지도 함께 먹는다는 뜻이었다.

　카운터석 위에 어젯밤에 남은 반찬과 말린 생선을 담은 접시가 사람 수대로 놓여 있다. 엄마와 도키코는 카운터석 안에 있었고, 아버지와 아야코는 이미 밥을 먹고 있다. 된장국과 갓 지은 쌀밥의 단내가 난다. 이런 아침식사는 아버지가 있을 때만 먹을 수 있다(없을 때는 커피와 빵이다). "안녕, 미남" 하고 아버지가 한 손을 올린다.

　아버지가 있으면 평소보다 조용하다. 평소에는 재잘재잘 시끄러운 누나들이 거의 말을 안 하기 때문이다. 아버지 때문에 말하기 불편한 게 아니라, 잠자코 있으면 아버지가 무슨 얘기를 할지 다들 기다리는 듯한 분위기가 있다.

　"그건 그렇고, 그 목욕탕 있는 도로가 굉장해졌던데. 지금 확장 공사중이지?"

이날 아침 아버지는 그런 식으로 말을 꺼냈다.

"그 길의 집들이 온통 퇴거하는데 딱 한 채만 남아 있는 거 알아? 거, 참 대단해. 주변을 죄다 갈아엎어서 외딴 섬처럼 되었지 뭐야. 굴착기가 드르륵거리는데 태연하게 이불 따위를 널고 있더라니까."

"장미꽃 있는 집이죠?"

도키코가 대꾸한다. 고등학교 졸업 후 작은 화장품회사에 취직하고는 화장이 쓸데없이 진하다.

이 얘기는 아버지가 없을 때도 이미 몇 번인가 화제가 됐다. 그 길을 지나가려면 싫어도 그 광경을 봐야 하기 때문이다.

"그래 맞아, 그 집 정원이 또 대단하지. 여봐란듯 꽃이 만발해서. 어떻게 된 거야, 그 집? 퇴거 비용이 불만이라 시위하는 거야?"

"그렇게까지 버티고 앉아 있으면 퇴거 비용이 오히려 깎인대. 아무리 버텨봤자 마지막에는 강제로 철거된다는데. 신코 씨가 그랬어."

아야코가 덧붙인다. 이 누나는 현재 고등학교 2학년인데, 도키코와 비슷할 정도로 입술을 빨갛게 칠했다(본인은 립스틱이 아니라 립크림 색깔이라고 주장한다). 신코 씨는 동네 세탁소 주인을 말한다.

"그런데 그건 아닌 것 같아. 퇴거 비용 때문이 아닌 거지. 뭔가 다른 이유로 버티고 있는 거 같은데."

지금은 카운터석으로 나와 끄트머리에서 식사중인 엄마 쪽으로 고개를 돌리고 아버지가 말한다. 엄마는 된장국을 호로록 마실 뿐 대답하지 않는다. 모른 척하는 게 아니라 아마 이 대화 자체를 전혀 안 듣는 게 아닐까 싶다.

"다른 이유라면요?"

그래서 소타가 물어봤다. 그 발언이 묘하게 튄다. 뭔가 부적절한 어휘를 내뱉기라도 한 듯 도키코와 아야코가 힐끔 쳐다본다.

"돈이 아니라면 가정의 문제겠지. 엄청 아름다운 추억이라도 있는 거 아냐? 장미꽃과 관련된 뭐 그런 거."

아버지는 여전히 소타가 아닌 엄마 쪽을 향해 말했고, 그제야 엄마가 "그러게" 하고 맞장구를 쳤다. 마치 아버지의 국그릇이 빈 것을 알아채고 된장국을 더 담아주는 것처럼.

"아냐. 어쩌면 의외로 엄청 안 좋은 기억일지도 모르지. 너무 흉해서 꼼짝할 수 없는 거야, 분명."

소타는 신이 난 아버지가 그렇게 말을 잇는 걸 기회삼아 "잘 먹었습니다" 하고 집을 나섰다.

소타는 자전거를 타고 꽤 멀리 돌아서 장미꽃 핀 집 앞을 지나간다.

엄청 아름다운 추억. 의외로 엄청 안 좋은 기억. 이러니저러니 해도 소타는 아버지의 말에 영향을 받는다. 이날 공사는 아직 시작되지 않았지만 트럭과 굴착기는 이미 현장에 도착했고, 작업자 두 명이 장미꽃 집을 올려다보며 웃고 있다. 집 베란다에는 침대보가 (태연하게) 널려 있고, 울타리에는 핑크색 장미와 이름 모를 진보라색 꽃이 빽빽이 휘감겨 있었다.

소타가 이렇게 일부러 멀리 길을 돌아가는 건 이 주쯤 전부터다. 자전거를 세우고 바라보는 건 아니고 곁눈질로 보면서 지나간다. 그 정도로도 통학의 동기부여가 된다.

학교. 열네 살 나이에 소타는 이미 몇십 년이고 몇백 년이고 계속 학교에 다니는 듯한 기분이 든다. 학교라는 곳은 어떤 일이 일어나는 장소이자 아무 일도 일어나지 않는 장소다. 소타의 경우에는 언제부턴가 아무 일도 안 일어나는 날을 헤아리는 쪽이 많아졌다. 무슨 사건이 벌어졌다고 꼭 좋은 일이란 보장은 없지만 아무 일 없다는 것도 피곤한 법이다. 실제로 소타는 늘 피곤했다.

이를테면 이날은 오후에 체육 수업이 있었다. 다음달에 개최되는 구기대회에 출전할 배구팀의 선수 나누기가 '학생의 자율'에 맡겨졌는데, 전략상 정예팀과 나머지 팀으로 나누기로 정해지자 소타는 대번에 나머지 팀이 되었다. 소타는 운동신경이 뛰어나다 할 정도는 아니지만 그렇다고 특별히 둔한 것도 아니다. 비슷한 수준의 남자애 둘이서 정예팀에 발탁돼 히죽히죽 웃고 있다. 팀 나누기는 결국 운동능력이라기보다 학급 내 권력관계로 결정되는 것이다. 혹은 이런 기회에 교내에서 자신의 위치를 새삼 인식하게 된다고도 할 수 있다. 나머지 팀의 다른 선수와 마찬가지로 소타는 물론 이의를 제기하지 않았다. 달리 어찌할 방법이 없었기에 역시나 히죽히죽 웃으면서 지쳐 있었다.

하지만 이날은 어떤 일이 일어났다. 게다가 나쁘지 않은 일이었다. 집에 가는 길에 신발장에서 신발을 꺼낼 때 손에 들고 있던 책을 대나무 발판 위에 놔뒀는데, 같은 반인 이토 오리에가 그걸 주워줬다. 그러고는 "이거 재밌어?" 하고 물었다.

이토 오리에는 마르고 홀쭉하다. 그런데 가슴은 의외로 크다.

이토 오리에는 수재다. 하지만 얼굴 생김새가 수수해서 학급 내 지위는 높지 않다. 운동신경도 둔해서―일상 동작만 봐도 알 수 있을 만큼 둔하다―이번 여자 배구팀을 출석 번호의 홀수와 짝수로 나누어 기계적으로 결정한 건 그애에게 행운이라 할 것이다.

그리고 이토 오리에는 장미꽃 집에 산다. 그 사실을 아는 사람은—그렇다기보다 그애에게 관심을 가져 학급 명부에서 주소를 찾아 일부러 거기까지 가본 다음 그 집이 현재 처한 상황을 알게 된 사람은—학급 내에서 소타뿐일 것이다. 적어도 현재 그 집이 화제가 되지는 않았다.

소타가 이토 오리에에게 관심을 갖게 된 계기는 그애의 시였다. 국어 시간에 시 짓기 수업이 있었고 제출된 시 가운데 선생님이 몇 편을 골라 출력해서 나눠줬는데, 그중 그애의 시가 한 편 있었다.

「빨리 집에 가고 싶어」라는 제목의 시였다. 그 말은 오리에가 입 밖으로는 내지 않는 '입버릇'이고, 진짜로 집에 가고 싶다고 생각해서 그러는 게 아니다. 그 증거로, 집에 있을 때조차 머릿속에서 수시로 그 말을 읊조린다는 게 시의 내용이었다.

이토 오리에의 창작물은 그전에도 선생님에게 뽑혀 배포된 적이 있었는데, '수재의 시'라는 평 이상의 관심은 받지 못했다. 그러나 소타만은 달랐다. 깜짝 놀랐다. 그 시는 자신과 똑같았다. 집에 있는데도 '빨리 집에 가고 싶어'라고 생각하는 점까지 똑같았다.

그래서 소타는 이토 오리에의 모습을 관찰하게 됐다. 가느다란 허리에 반비례하는 풍만한 가슴을 알아챈 것도 그래서였다. 오리에가 "이거 재밌어?" 하고 물었던 책을 그날 소타는 밤을 새워 읽었다. 별생각 없이 훌쩍 들어간 서점의 매대에 진열되어 있던 해외소설이었고, 표지가 멋있어서 샀지만 들고 다니기만 할 뿐 아직 첫 장의 몇 줄밖에 읽지 않았었다.

수면 부족 상태였지만 평소보다 훨씬 충만한 기분으로 다음날 학교에 갔더니 새로운 국면이 펼쳐졌다.

남자 배구 정예팀이 학급을 위해 추가 연습을 하므로 방과후 청소 당번에서 면제되어야 한단다. 물론 선생님이 있는 자리에서 의논해 정한 게 아니다. 방과후에 정예팀의 리더 격인 애가 여느 때처럼 히죽히죽 웃으면서 말을 꺼내자 아무도 반대하지 않았다고 한다. 교실, 뒤뜰, 화장실 세 곳을 적은 인원으로, 그것도 선생님에게 들키지 않고 청소해야 해서 나머지 팀의 선수라면 이번 주 당번이 아니어도 청소에 참여해야 했다.

"열받네."

화장실 바닥을 걸레질하면서 나머지 팀 선수끼리 수군거린다. 정예팀이 돌아간 뒤라 말할 수 있는 것이지 그렇다고 무얼 어떻게 하겠다는 얘기는 아니다. 소타는 일단 "그러네" 하고 목소리를 냈다.

"우리도 자체적으로 연습하는 게 좋지 않을까?"

그런 말을 꺼내는 녀석도 있다.

"그건 별로 기대도 안 할걸?"

"쟤네가 우승하더라도 우리가 참패하면 한소리 하지 않겠어? 같은 반으로서 창피하다느니, 자기네 노력을 헛수고로 만들었다느니."

"어쩔 수 없잖아. 나머지 팀이니까."

"졌을 때 저 녀석들한테 그렇게 말할 수 있을까?"

소타는 줄곧 잠자코 있다. 피곤하고 짜증이 난다. 빨리 집에 가고 싶다는 생각이 들지만 그걸 입 밖에 꺼낼 수 없어 "매일 청소를 하는데도 왜 이렇게 냄새가 나는 거야" 하고 말하는 데 그친다.

그날 하굣길에 소타는 멀리 길을 돌아갔다. 하굣길에는 그러지 않기로 마음먹었지만 무의식중에 이토 오리에네 집이 있는 길을 지나갔다.

그러고선 자기도 모르게 자전거를 세우고 말았다. 그때까지는 만에 하나 오리에나 다른 학급 친구를 우연히 마주치더라도 이상하게 보이지 않도록 결코 자전거를 세우지 않았는데 말이다.

2차선 도로를 확장하려는 공사 현장 한가운데에 오리에네 집이 덩그러니 서 있다. 현장의 동쪽은 원래 있던 2차선 도로이고, 소타는 그 맞은편 인도에서 보고 있다. 서쪽은 주택가의 끝인데, 거기에 아버지가 있었다.

아버지는 여자를 데리고 있었다. 아버지가 여자와 있는 모습을 지금껏 몇 번인가 목격했지만 매번 그렇듯 이번에도 처음 보는 사람이었다. 요즘 유행하는 테크노컷이라는 건지 뒷머리와 옆머리를 짧게 쳐낸 헤어스타일에, 장례식에라도 다녀오는 것처럼 온통 검은색 옷차림인 스물두세 살 정도의 여자다. 팔짱을 끼고서 뭐라고 재잘대고 있다. 아버지의 손가락이 가리키는 대로 둘은 오리에의 집 베란다를 보았다가, 그런 다음 다시 손가락으로 가리켜 정원 쪽을 본다. 아마 지금 화제로 삼은 건 문 주위에 따개비처럼 덕지덕지 붙어 있는 화분의 꽃일 거라고 소타는 생각했다. 아버지가 입을 크게 벌려 웃고 여자도 웃는다.

소타는 울컥 화가 치밀었다. 자신도 여기를 구경하러 왔다는 사실은 제쳐두고, 아버지와 웬 여자가 오리에의 집에 오물을 처바르는 것처럼 여겨졌다. 소타는 몹시 화가 난 나머지 주의력이 산만해졌다. 아버지 쪽만 쳐다보고 있었던 것이다.

현관문이 열리는 걸 알아채지 못했다. 아버지의 시선을 보고 그제야 눈치챘는데, 그때는 이미 집안에서 나온 이토 오리에가 이쪽을 쳐다보고 있었다. 이날 청소 당번이 아니어서 소타보다 훨씬 일찍 귀가했을 것이다. 마당에 널어놓은 세탁물—공사 흙먼지 때문에 세탁 전보다 더러워진 게 아닐까 싶지만—을 걷어들이거나 식물을 살피거나 하러 나왔으리라.

최악인 건 거의 동시에 아버지가 소타의 존재를 알아챘다는 것이다. 이쪽을 가리키며 여자에게 뭐라고 말하고 있다. 여자가 발돋움해서 소타를 본다. "어이, 소타." 하필이면 아버지가 손을 흔들며 큰 소리로 불러서 오리에는 동서로 고개를 기웃거렸다. 입술을 굳게 다문 얼굴로.

집에 오자 엄마가 가게 앞에 서 있었다.

"아버지 못 봤니?"

갑자기 그렇게 물어와 소타는 고개를 도리도리 흔들었다.

"못 말린다니까. 달걀 사다 준다면서 나갔는데."

엄마의 그 말투가 어쩐지 변명처럼 들렸다. 자신이 고개를 흔드는 모습에서, 실은 아버지를 보았다는 걸 알아챘는지도 모르겠다고 소타는 생각한다. 게다가 여자랑 함께였다는 것도. 엄마는 소타와 함께 가게 안으로 들어오더니 카운터석 위에 올려진 달걀말이 접시를 들어 "메뉴로 내놓기에는 양이 부족하니까 너희가 먹으렴" 하고 말했다. 그런 다음 흑판에 쓴 '오늘의 추천 메뉴'에서 '달걀말이'를 지웠다.

소타는 아직 손님이 들지 않은 카운터석 구석에 아야코와 나란히 서서 허둥지둥 서둘러 저녁밥을 먹고 2층의 자기 방으로 올라갔다. 초등학교 5학년 때부터 누나들 방에서 나와 그때까지 창고였던 다다미 네 장 반짜리 공간을 소타의 방으로 했다(방의 절반은 여전히 창고다). 아래층 가게에 손님이 띄엄띄엄 들어와도 아버지가 돌아온 기색은 없다. 여자랑 있는 모습을 들켰으니 오늘은 안 들어오기로 한 건가. 아니, 아들을 만나고서 집으로 돌아가는 건 여자 앞에서 체면이 구겨지는 일이니 시간을 끌면서 놀고 있겠지. 아버지란 사람은 그런 남자다.

그대로 영영 돌아오지 마. 소타는 소리 내서 그렇게 내뱉어본다. 아까 이토 오리에네 집 앞에서 품었던 아버지를 향한 분노는 사실 이미 사라져갔지만, 분노가 계속되지 않는 대신 불안이 뭉게뭉게 부풀어오른다. 통학로도 아닌데 자기 집 앞에 자전거를 세우고 있던 나를, 게다가 길 건너편에선 내 아버지와 젊은 여자까지 서 있던 일을, 이토 오리에는 어떤 식으로 생각했을까.

누군가 계단을 올라오는 소리가 나고 현관문이 열리기에, 아도키코 누나가 돌아왔구나 했는데 거의 동시에 전화벨이 울렸다. "아야코, 전화." 벨소리와 경쟁하는 듯한 목소리로 도키코가 부른다. 가까이 있으면서도 직접 받으려 하지 않는 건 중간에서 연결해주는 게 싫어서일 테다. 전화는 가게와 2층, 두 군데에 있지만 2층으로 걸려오는 건 대부분 아야코의 남자친구에게서 오는 전화다.

"좀 받아줘.""싫어.""지금 손을 못 뗀다니까." 새된 소리를 주고받더니 결국 도키코가 받은 모양이다. 아야코가 손을 뗄 수 없다는 건 매니큐어를 바르거나 머리카락에 헤어롤을 말고 있다는 뜻이었다. 또 도키코 누나 기분이 언짢아지겠네. 소타는 그런 생각을 하면서 깔아둔 이불에 벌러덩 눕는다. 파란 꽃무늬 베갯잇은 아야코가 가정 시간에 바느질한 것인데, "너, 써라" 해서 받은 이후로 줄곧 사용하고 있다.

소타의 머리 위에서 드르륵하고 두꺼운 장지문이 열렸다.

"네 전화야. 여자던데?" 하고 도키코가 말했다.

돌연 학교생활이 장밋빛으로 변했다.

나머지 팀이라든가, 당번이 아닌데 청소를 한다든가, 그런 건 아무래도 상관없어졌다. 여전히 아무 일도 안 일어나지만 피곤하지 않다. 일이 안 일어났다는 건 표면상 그럴 뿐이고, 보이지 않는 부분에서 뭔가가, 나쁘지 않은 뭔가가 진전되고 있음을 느끼기 때문이다.

소타가 머릿속으로 몇 번이고 질리지도 않고 반복 재생하는 건 이토 오리에에게 전화가 왔던 밤의 일이다. "여보세요" 하고 오리에가 말했다. "밤늦게 미안해, 지금 얘기 좀 할 수 있어?" 하고 오리에가 말했다. "저번에 네가 가지고 있던 책, 읽고 싶어서 찾아봤는데 구할 수 없더라고, 혹시 괜찮으면 빌려줄 수 있을까?" 하고 오리에가 말했다.

소타는 자신이 뭐라 대답했는지 잘 기억나지 않았다. 아니 실은 기억하지만, 당황한 나머지 그리 재치 있게 대답하지 못했기 때문에 그 부분은 떠올리지 않으려 한다. 따라서 다음 장면은 신사의 경내다. 밤의 신사. 외등 불빛. 전화를 끊고 곧바로 오리에와 만나기로 했다.

신사는 소타와 오리에의 집 딱 중간 시점이다. 소타가 도착했을 때 이미 오리에가 기다리고 있었다. 그애가 어둠 속에서 소타를 향해 걸어왔다. 하얀 셔츠에 청바지, 셔츠 위에는 카디건을 걸쳤다. 셔츠가 헐렁했는데도 오리에가 걷자 둥그런 가슴 윤곽이 하얗게 떠올랐다.

"이거" 하고 소타가 책을 건넸다. "고마워" 하고 오리에가 받으면서 "최대한 빨리 돌려줄게" 하고 말했다. "괜찮아." 소타는 그렇게 말하고서 "천천히 줘도 돼" 하고 서둘러 덧붙였다. 소타가 "그 책 재밌으니까" 하고 말하자 오리에가 빙그레 웃었다.

오리에가 출구 쪽을 향해 한 걸음 내디뎌서 소타도 자전거의 방향을 틀어 함께 걷기 시작했다. 그곳이 경내의 중간쯤 되는 지점이라 출구까지는 십 미터 정도였는데 그 거리를 둘은 매우 천천히 걸었다. 분명 낮에 있었던 일을 꺼내겠지 싶어 마음의 준비를 하고 변명도 생각해뒀는데(아버지가 내연녀와 있는 모습을 우연히 목격해 뒤를 밟았더니 그 집 앞이었다, 라고 말할 작정이었다. '아버지의 내연녀'라는 카드가 '공사 현장 한복판에 덩그러니 남아 있는 장미꽃 집'에 필적한다고 생각했기 때문이다), 그 얘기는 나오지 않았다. 오리에는 그저 신발 얘기를 했다.

"지저분하지?" 오리에가 불쑥 말을 꺼냈다. 신고 있던 운동화를 말하는 것이었다. 소타가 아래만 보고 있던 탓인지도 모른다. "집 주위가 온통 흙투성이라 금방 더러워져. 학교에 갈 때는 이 운동화를 신고 나가서 중간에 로퍼로 갈아 신어" 하고 오리에가 말했다. 소타는 "그렇구나" 하고 대꾸했다. 그러고는 "뭐 어때" 하고 덧붙였다. 그러자 오리에가 다시 한번 빙그레 웃었다. 소타도 웃었다, 아마 웃음이 나왔던 것 같다. 거기가 신사 부지의 종점이었다. "그럼 안녕" 하고 오리에가 책을 살짝 들어올렸고, 소타도 "안녕" 하고 한 손을 살짝 들었다.

거기까지를, 시간으로 치면 약 이십 분간의 일을 소타는 머릿속에서 다시 또다시 재생한다. 마음에 드는 부분은 이토 오리에가 빙그레 웃는 장면이다. 두 번이었고, 두번째가 보다 나은 느낌이었다. 소타는 그때 그애가 자신에게 비밀을 털어놓은 거라고 생각한다. 자신에게만. 그 얼굴을 떠올리면 연일 화장실 청소를 하는 일이나 심한 화장실 악취조차 신경쓰이지 않는다. 그러는 사이 손꼽아 기다렸던 일이 일어난다. 이토 오리에에게 두번째 전화가 걸려왔다.

빌려준 책을 받으러 만나기로 한다. 전화는 지난번처럼 밤에 왔는데 이번에는 날짜를 정해서 만나게 됐다. 그주 일요일 오후 2시, 같은 장소에서. 소타는 자전거를 타지 않고 걸어가야겠다고 생각했다. 그 신사에서 조금 걸으면 돌계단이 있다. 돌계단 위는 공원이라 동네 풍경도 보이고 벤치도 있다.

주 후반에는 줄곧 그날을 위해 머릿속으로 예행연습을 했다. 하지만 그 계획은 실현되지 않았다. 한번 더 전화가 걸려왔기 때문이다. 하필이면 일요일 아침에. 집에 없는 척할 수 있었으면 좋았을 텐데 소타는 "친구한테 전화 왔어" 하는 엄마의 부름에 당연히 오리에겠지 확신하고는 전화를 받아버렸다.

전화를 건 사람은 오리에가 아니라 같은 반 남자애였다. 정예 팀 선수다. 이날 오후에 하는 이쪽 팀과 그쪽 팀의 합동연습에 꼭 나오라는 연락이었다. 집합 장소는 교정, 시간은 오후 2시였다.

꼼짝없이 오리에를 바람맞히게 됐다. 갈 수 없게 됐다는 전화는 할 수 없었다. 전화를 하면 못 가는 이유를 설명해야 하는데 도저히 그러기가 싫었다. 다음주 학교에 가면 오리에도 저절로 알게 될 텐데도 말이다. 나머지 팀이라든가 강제로 하는 연습이라든가, 그걸 거절할 수 없다는 것 등이 자신의 입을 통해 말이 되어 오리에에게 가닿는 걸 견딜 수 없었다.

집에 돌아온 건 저녁 6시가 조금 못 되었을 때다. 정기휴일이라 포렴은 안 걸려 있다. 격자문 창살에 회색 노린재가 한 마리 붙어 있었다.

아버지는 이 벌레를 몹시 싫어한다. 노린재를 발견하면 "우웩" 하고 호들갑스러운 소리를 내며 뒤로 물러선다. 소타가 손가락으로 튕기자 노린재가 톡 하고 땅바닥에 떨어졌다. 벌레 위를 지나서 가게로 들어간다.

"어머, 왔니."

엄마가 왠지 의외라는 듯, 혹은 다소 성가시다는 듯 카운터석 너머에서 말을 건다. 카운터석 의자에는 아버지뿐이었다.

"밥은?"

소타는 먹겠다고 대답하고 아버지에게서 한 칸 떨어진 의자에 앉았다. 이럴 때 제일 만나고 싶지 않은 사람이 아버지인데, 어째선지 그걸 인정하고 싶지 않은 마음이 발동한다.

"한잔할래?"

아버지가 맥주병을 들어 보였고, 소타는 "안 마셔" 하고 대답했다. 안 마신다는 걸 알면서도 항상 묻는다.

"어디 갔었어?"

소타는 그 말에 대답하지 않고 "노린재 있던데" 하고 말했다.

"우웩. 어디에?"

"입구 창살에 붙어 있었어. 떨어뜨려서 밟았어."

"우웨엑."

"징그러워" 하면서 엄마가 나물무침과 조림 요리를 담은 그릇을 소타와 아버지 사이에 놓았다. 그러고서 "당신도 스부타* 먹을 거야?" 하고 묻자, "당연히 먹어야지" 하고 아버지가 장난스러운 말투로 대답한다.

"얼굴이 왜 그래?"

그렇게 물어본 건 음식이 다 나온 뒤 엄마도 아버지의 왼쪽에 앉아 밥을 먹기 시작했을 때였다. 역시 알아채는 사람은 아버지구나, 소타는 생각했다. 아니, 엄마도 알아챘는지 모르겠지만 물어보는 사람은 아버지다.

"공에 맞았어."

"어머나 세상에. 눈은 괜찮아?"

그렇게 말한 사람은 엄마였고, 소타는 "괜찮아" 하고 대답했다. 아버지는 자기가 질문한 일 따위는 잊어버렸다는 듯 맥주를 들이켜고 있다.

"배구공에 맞았어."

---

* 튀긴 돼지고기에 새콤한 소스를 뿌려 먹는 일본식 중화요리.

아버지를 돌아보게 하려고 소타는 그렇게 말했다. 아버지는 "흐음" 하고 소리를 냈다. 엄마가 자기 쪽을 바라보는 기척이 있었지만 소타는 아버지만 쳐다보았다.

"구기대회에 나갈 팀을 나눴는데, 나는 나머지 팀이야. 정예팀이라고 자기들 입으로 떠들고 다니는 녀석들이 나머지 팀을 특훈시키겠다고 했고 그게 오늘이었어. 가고 싶지 않지만 안 가면 일이 더 커지니까 갈 수밖에 없었다고. 말이 특훈이지 그 자식들의 놀이야, 한마디로 기분 전환용인 거지."

어째서 아버지에게 몽땅 속내를 털어놓고 있는 걸까, 소타는 생각한다. 응석을 부리는 건가. 어떻게든 해주기를 바라는 건가. 아니, 그렇지 않다. 단지 알고 싶을 뿐이다. 이럴 때 이 남자가 어떤 반응을 보이는지.

"뭐야, 좀더 일찍 말하지 그랬어."

역시 아버지는 그렇게 말했다.

"내가 요령을 알려줄게. 드라마라고 생각하면 되는 거야. 한심한 팀 나누기라는 둥, 특훈이라는 둥 전부 만들어낸 일이라고 말이야. 진심으로 받아들이니 실망이 크지. 그러는 녀석들도 어차피 방송이나 만화를 흉내내는 거잖아? 공에 맞으면 아, 내가 지금 박진감 넘치는 연기를 했구나, 생각하면 되는 거라고."

소타는 아버지로부터 눈길을 돌렸다. 그건 이미 하고 있다고,

소타는 그렇게 생각했다. 자신이 알고 싶은 건 그다음 일이었다. 이런 건 진짜 내가 아니라고 자신을 타이르고 난 다음에는 어떻게 되는 건지. 만들어낸 것이 아닌 세계에는 언제 갈 수 있는지. 아니면 평생 갈 수 없는 건지.

"그래도 다치는 건 싫지."

엄마가 조심스레 끼어들자 아버지는 "다치긴 왜 다쳐!" 하고 대꾸했다. 솜털같이 가벼운 말투였다. 소타가 알고 싶어하는 것을 이 남자도 모르는 듯하다. 소타는 젓가락을 내려놓았다.

"잠깐 나갔다 올게."

그 말만 하고 문을 빠져나가는 소타의 등뒤에서 "거봐, 드라마 같지?" 하는 아버지의 목소리가 들려온다.

인도에서 이토 오리에의 집으로 가려면 갈아엎은 땅에 걸쳐진 판자 위로 자전거를 밀면서 걸어가야 했다.

소타는 예의 따개비 같은 화분들로 반쯤 묻혀 있는 문기둥의 초인종을 분에 못 이겨 눌렀다. 누구에게 화가 난 건지도 잘 몰랐지만. 집의 창문으로 불빛이 보였고, 크림스튜 같은 냄새도 감돌았다.

"네에."

3미터 정도 되는 출입로 끝에서 현관문이 열리고 모습을 보인

사람은 앞치마를 두른 여성이었다. 분명 오리에의 어머니겠지만 보통 어머니들과는 분위기가 상당히 달랐다. 남자처럼 짧은 머리, 눈매를 빙 두른 검은색 아이섀도, 치렁치렁한 검은색 원피스에 검은색 앞치마. 전에 목격한 아버지의 애인과 통하는 부분이 있는데, 소타에게는 그 여자보다 더 다가가기 어려워 보였다.

"저기, 오리에 있습니까? 저는 히로와타리라고 합니다."

"학교 친구?"

"네, 맞아요. 2학년 A반 히로와타리입니다."

"잠깐만 기다려."

이윽고 이토 오리에가 굳은 표정으로 집에서 나왔다. 이날은 흰색 면바지에 하늘색 여름 스웨터 차림이었고, 가슴 윤곽이 이제껏 본 중에 가장 뚜렷했다. 그렇게 정해지기라도 한 것처럼 오리에가 걷기 시작했기에 소타도 자전거를 밀면서 그 뒤를 따랐다. 둘은 아무 말 없이 걸어서 신사에 도착했다.

"전화해줬으면 좋았을 텐데."

경내에 막 들어섰을 때 오리에가 말했다. 낮의 일을 말하는 걸까, 아니면 지금 일을 말하는 걸까. 어느 쪽이든 화가 난 어조였고, 소타가 낮에 바람맞힌 이유를 이미 알고 있는 듯도 했다.

"전화하기가 좀 그래서."

소타 스스로도 깜짝 놀랄 만큼 불쾌한 목소리가 나왔다.

"뭔가 너희 집, 힘들어 보이잖아, 여러 가지로."

한층 더 불쾌하게 말을 덧붙이고 말았다. 사과할 생각으로 왔으면서 왜 이렇게 구는 건지 알 수 없었다.

오리에는 입을 다물고 있다. 새전함* 바로 앞의 어중간한 위치에서 둘은 우두커니 선 채 마주보고 있다. 비릿한 나무 냄새가 난다. 이다음에 무슨 말을 하면 좋을지 소타는 알지 못했다. 너희 엄마, 뭔가 굉장하더라. 그렇게 말해볼까. 아니, 안 된다. 좀더 우호적인 말을 해야 한다.

"책은?"

결국 소타는 그렇게 말했다. "어?" 하고 오리에가 되묻는다.

"책. 돌려주려는 거 아니야? 그것 때문에 오늘 약속한 거잖아."

화들짝 놀란 듯한 오리에가 미안, 하고 말한다. 책을 가져오지 않은 것이다. 분명 낮에는 가지고 나왔겠지만 지금은 소타가 갑자기 찾아왔으니 책을 챙길 정신이 없었을 테다. 소타는 그럴 수도 있다고 생각하면서, "그럼 뭐하러 온 거야?" 하고 말해버렸다.

오리에는 침묵하고 있다. 호흡을 따라 그애의 가슴이 위아래로 움직인다.

"키스해도 돼?"

---

* 신사나 절의 본당 앞에 놓인 통. 그 안에 동전을 넣고 소원을 빈다.

소타가 물었다. 실은 "나 좋아해?" 하고 물을 생각이었는데 어째선지 얘기가 껑충 뛰어버렸다. 거기에 덤으로 또다시 불쾌한, 왠지 협박하는 듯한 말투가 나왔다.

오리에가 아무 말도 하지 않아 소타는 한 걸음 다가가 그애의 입술에 자신의 입술을 밀어붙였다. 하는 대로 가만히 있기에 가슴도 살짝 만졌다. 그러자 오리에가 깜짝 놀라 몸을 떠는 바람에 소타는 움찔하며 떨어졌다.

오리에는 소타를 보고 있었다. 울지도 않고, 화난 것 같지도 않고, 흥미로워하는 것 같지도 않고, 종이 같은 표정으로 가만히 바라보았다. 그 표정이 엄마를 생각나게 했다. 아버지에게 "나, 이제 아무 말도 안 하기로 마음먹었어" 하고 말하던 순간의 엄마를. 엄마는 죽지 않았다. 오리에도 죽진 않을 것이다. 지금 소타는 그걸 알 수 있었다. 엄마도 오리에도 죽진 않을 테고, 다만 이 순간 이후로 아무것도 바라지 않겠지.

"사실 책 따원 아무래도 상관없었지?"

소타는 그렇게 말했다.

"나한테 집을 들키는 바람에 접근해온 거잖아. 주위가 온통 파헤쳐졌는데 혼자만 버티고 있는 집에 산다는 걸 들키고 싶지 않으니까 나한테 철썩 달라붙은 거잖아. 비겁해, 너. 비겁하다고."

비겁한 건 자신이라는 걸 소타는 안다. 오리에 역시 그렇게 생

166

각하리라는 것도 안다. 그걸 알면서도 오리에에게 상처 주는 말을 늘어놓는 짓을 멈출 수 없다. 지금 바라는 건 단 하나, 빨리 집에 가고 싶다는 것뿐이다.

자전거

어젯밤 주방에 놔두고 깜빡한 카디건을 걸치고 모모코는 계단을 올라갔다.

방에 들어가자 다쿠토가 TV를 보고 있었다. 모모코가 세면대에서 이를 닦고 방으로 돌아가 전신거울 앞에서 연한 화장을 하는 동안 TV에서 음악과 사람들의 말소리가 들렸다. 모모코가 돌아보자 다쿠토는 재빨리 리모컨을 들어 TV를 껐다.

"뭐야?"

모모코는 쓴웃음을 지었다. 다쿠토가 보면 안 되는 프로그램을 보다 들킨 어린애 같은 동작을 취해서다.

"갈 거지, 커피집."

다쿠토가 자리에서 일어서며 말했다. 요즘 둘은 가게를 쉬는 날에 날씨가 좋으면 자주 그곳에 간다.

3월 중순의 애매한 기온 속에서 모모코는 걸었고 다쿠토는 그 옆에서 아주 천천히 자전거 페달을 밟았다. "자전거 짐받이에 앉으면 좋을 텐데" 하고 다쿠토가 늘 말하지만, 다리를 모으고 옆으로 앉아 남편의 배를 잡고 찰싹 달라붙는 자세는 힘들기도 하고 멋쩍기도 하다. 그렇다고 둘이 나란히 걷는 건 다쿠토가 피하고 싶어하는 눈치다. "영락없는 노부부 같잖아"라면서. 영락없든 말든 일흔한 살과 일흔여덟 살의 노부부인데 말이다.

커피집 자리는 원래 햄집이었다. 햄집 주인이 죽은 뒤 점포 겸 주거 공간이 매물로 나왔고, 이전 가게보다 맛없는 햄집이 되었다 식당이 되었다 했지만 어느 것도 오래가지 못했다. 빈집으로 이 년 가까이 방치됐다가 이번에는 커피 원두를 팔고 거기서 마실 수도 있는 가게가 됐다. 아직 이십대로 보이는 안경 쓴 젊은 남자와 그보다 더 어려 보이는, 피부색이 갈색인 아내가 운영한다. 아내가 브라질 사람이고, 이름이 로자라는 것도 모모코는 이미 안다.

"어서 오세요."

안으로 들어온 둘을 보고 가게 주인과 로자가 빙긋 웃는다. 대체로 그렇듯 이날도 다른 손님은 없다.

"오늘은 조금 춥네요."

"그러네, 바람이 차네."

"그래도 이제 금방이네요."

"뭐가?"

"봄이요."

주인이 당황한 듯한 표정으로 그렇게 대답한다.

'오늘의 추천 원두'가 킬리만자로여서 모모코는 그것을 주문했다. 다쿠토는 언제나처럼 메뉴판을 음미하는 시늉을 하고 우간다라는 원두를 고른다.

"우간다는 좀 희귀한 원두예요. 아주 개성적인 맛이랍니다."

"오호, 그렇군. 아, 치즈 케이크도 먹을까."

주인이 또 약간 당황한 표정을 짓더니 커피 원두를 계량하기 시작한다. 체구는 작지만 굉장히 스타일이 좋고 얼굴 생김새가 귀여운 로자가 그사이에 커피잔과 받침, 치즈 케이크를 준비한다. 로자가 준비를 마쳤어도 주인은 아직 커피에 매달려 있다.

주인이 각각의 원두에 맞춰 아주 정성스럽고 세심하게 커피를 내린다는 건 예상할 수 있지만, 아무리 그래도 이런 식이면 도저히 프로라 할 수 없지, 모모코는 이곳에 올 때마다 생각한다. 개점한 지 얼마 안 됐을 무렵의 긴장감이나 어색함이 시간이 지나도 나아질 기미가 없다. 뭐, 다른 손님은 거의 오지 않는 모양인 걸 보면 이곳에 익숙해질 도리가 없는 걸지도 모르겠지만.

이것도 늘 있는 일이지만, 할일이 없어 따분해진 로자가 모모코와 시선을 맞추고 웃음을 지어 보였다. 모모코가 웃음으로 답하자 로자는 "사이 좋으네여" 하고 어색한 일본어로 말한다.

"사이 좋지. 아이 러브 허 베리 머치."

다쿠토가 그렇게 대꾸하는 순간, 드디어 커피가 나왔다.

그후 가게 주인도 가세해 어색한 대화를 좀더 나눴고, 다쿠토 부부는 자신들이 역 근처에서 선술집을 한다는 걸 처음으로 밝혔다. 그리고 며칠 뒤 저녁 7시, 막 문을 연 히라쿠에 커피집 부부가 찾아왔다.

그 시간대치고 카운터석이 꽤 차 있었다. 저녁을 먹으러 오는 단골손님 두 명 외에 다쿠토와 그 일행도 있었기 때문이다. 커피집 주인과 로자는 조심스레 입구 쪽에 앉았다. 다쿠토 일행과 커피집 부부 사이에 단골손님 둘이 앉아 있는 광경이었다. 다쿠토는 가게에 온 부부를 보고 "오오" 하고 손을 흔들었으나 자기들 쪽으로 오라고 할 마음은 없는 듯했다.

커피집 부부는 레몬사워*를 주문한 다음, 뭘 그렇게까지 시간을 들일까 싶을 만큼 속닥거리며 의논하더니 달걀말이와 붕장어

---

* 위스키나 브랜디에 과일이나 과즙을 섞은 칵테일.

를 넣은 오이무침, 프라이드치킨, 제철채소조림을 주문했다. 그러고서 요리가 하나씩 나올 때마다 일일이 얼굴을 맞대고 속닥거리며 먹었다. 때로 자기들 가게에 있을 때와 똑같은 어색한 배려를 보이며 모모코 쪽을 보고 미소 짓기도 하고 고개를 끄덕여 보이기도 했다. 모모코는 그들에게 별로 마음을 써줄 수 없었다. 위치가 조금 멀기도 했고, 다쿠토가 평소보다 더 달라붙어 아무래도 상관없는 얘기를 걸어왔기 때문이다.

"굉장히 맛있었습니다, 좋은 가게네요."

결국 한 시간 정도 흘러 커피집 부부가 자리에서 일어나 모모코가 있는 곳으로 다가왔다.

"이렇게 제대로 된 일본 요리, 오랜만에 먹었습니다."

"일본 요리는 좋지."

모모코가 대답하기 전에 다쿠토가 말했다. 그러자 젊은 부부는 새삼 거기에 다쿠토가 있다는 게 생각났다는 시늉을 했다.

"남편분, 항상 여기서 부인이 직접 만든 요리, 먹어?"

로자가 서툰 일본어로 물었다. "항상 먹는 건 아니지만" 하고 다쿠토는 살짝 웃으며 대답했다.

"사이 좋으네여, 항상."

그후 커피집 부부는 음식값을 내고 돌아갔다. 오늘은 대접하는 거니까 돈은 안 내도 된다고 말했어야 했는데, 모모코는 나중에서야 생각했다. '사이 좋은 남편분'의 옆에 앉은 사람이 그의 애인이라는 걸 알려주면 그 부부가 어떤 얼굴을 할까 떠올려보다가 거기까지 신경을 못 썼다.

전화가 또 울린다.

이날 아침에만 세번째였다. 모모코가 받았다. 역시 아무 말이 없었다. 수화기를 놓고 화장을 하는데 또 전화가 왔다.

"저기요, 남편은 오늘 집에 없어요. 어젯밤에 나가서 아직 안 들어왔어요."

아무 말 없는 상대방을 향해 모모코는 그렇게 말해봤다. 처음으로 전화가 그쪽에서 먼저 끊어졌다.

모모코는 보티첼리의 여자를 떠올린다. 아마 그 여자일 거라고 생각한다. 쉰 살쯤 된 통통하게 살찐 여자. 실물은 본 적 없지만 다쿠토의 스케치북에 그려져 있던 걸 보았다. 한 달쯤 전인가 어느 밤에 다쿠토가 스케치북을 모모코에게 보여줬는데, 페이지를 넘기다 보니 그 그림이 있었다.

"누구야?" 하고 물었더니 다쿠토가 약간 당황했다. 그 그림은 일부러 보여주려 한 게 아니었고, 아무래도 그렸다는 사실 자체를 까맣게 잊었던 모양이다. "술집 사장이야" 하고 그가 대답했다. "물론 실제로 누드였던 건 아니고, 누드화로 그려달라고 부탁을 받았어. 잘 그렸지? 보티첼리처럼 말이야."

모모코는 다시 한번 전화가 걸려오기를 벼르는 심정이었는데 무언의 전화는 그걸로 끝이었다. 다쿠토가 부재중이라는 걸 알고 의욕을 잃은 건가. 그러자 왠지 따돌림당하는 듯한 기분이 드는 게 참 묘하다고 생각하면서 모모코는 집을 나섰다.

미용실에 갔다가 슈퍼마켓에 들러 간단히 장을 보고 집으로 돌아가려던 참이었다. 모모코는 여자를 보았다. 주차장 맞은편에서 길을 걸어간다.

보티첼리의 여자는 아니다. 다쿠토의 최신 여자다. 아직 마흔 몇 살밖에 안 된 젊고 꽤 예쁜 여자. 보름쯤 전부터 가게에 데려오는 여자. 지난번 커피집 부부가 왔을 때도 다쿠토의 옆에 있던 여자. 편집자라 했던가. 본인은 숨기고 있다고 생각하지만, 서른 살이나 연상인 다쿠토에게 홀딱 반했다는 게 훤히 들여다보이는 여자.

그 여자가 일요일 대낮에 이 동네에 있다는 건 다쿠토와 만나기로 했기 때문이리라. 여자가 빠른 발로 걸어가는 길 끝에 새파는 가게가 있는데 아마 그곳이겠지. 다쿠토가 어제 어디에 갔는지는 알 길이 없지만 집에 돌아오기 전에 새 파는 가게로 직행할 것이다. 그리고 오늘밤 역시 안 들어올지도. 저 여자가 나타남으로써 보티첼리의 여자는 버려졌다. 그 사실을 받아들이지

못해 무언의 전화를 걸어온다. 그게 현재 벌어지는 일인 것이다.

이제 여자의 모습은 보이지 않았고, 모모코도 다시 걷기 시작했다. 가엾어라, 하고 생각하면서. 보티첼리의 여자도, 예쁜 최신 여자도, 가엾다고.

늦은 오후가 되어 아야코가 딸과 아들을 데리고 왔다.

아야코, 장녀 사쿠라, 장남 고이치. 아야코의 남편 도오루와 차남 신지는 "선약이 있다"며 오지 않았다. 뭐, 사양했다는 뜻일 수도 있고. 도키코와 소타 그리고 모모코까지 더해 전부 여섯 사람이 모였고, 그날 '금일 휴업' 팻말을 건 가게 안에 둘러앉아 저녁을 먹었다. 모모코의 생일이었다.

"엄마, 일흔아홉번째 생일을 축하해요!"

소타의 선창—도키코가 변덕스럽게 누나다운 배려를 한 것 같다—에 맥주로 건배한다. 오늘밤은 엄마가 주인공이라며 주방에는 도키코와 아야코가 있었고, 모모코는 얌전히 손주와 아들과 함께 손님석에 앉아 있다.

모모코는 예전부터 생일이라는 걸 그리 중요하게 여기지 않았다. 그래서 자신과 다쿠토는 물론, 자식들 생일을 잊어버리는 때도 있었지만, 자식들이 성장한 뒤로 모모코의 생일만큼은 거의 매년 빼먹지 않고 축하를 받는다. 자식들이 결코 잊지 않고 성실히 축하하러 찾아온다. 마치 그게 이 집의 규정이라는 듯. 그건 그렇다 치고, 일흔아홉 살이라니. 엄청난 나이까지 살았다.

유채나물, 머위 새순과 한치 튀김, 누가 봐도 생일 분위기를 물씬 내서 틀로 모양을 낸 완두콩밥, 아야코가 집에서 만들어 왔다는 로스트비프와 소타가 선물로 가져온 고등어 봉초밥*까지 요리가 다 나오자 갑자기 아야코가 "엄마, 제 말 좀 들어보세요. 사쿠라가 이혼을 하겠대요" 하고 말을 꺼냈다.

"어머나, 저런."

손녀 사쿠라는 채 스무 살도 되기 전에 결혼하겠다더니 급기야 그 직전에 무섭단 생각이 들어 도망쳤었다. 가족들은 그대로 상대와 헤어지겠거니 생각했지만 결국 화해하고 원래대로 돌아가 결혼하고 삼 년쯤 지났다.

"굳이 지금 그걸 발표할 필요가 있을까."

그렇게 말한 건 도키코였고, 모모코는 맞는 말이라 생각하며 사쿠라를 보았는데 화를 낼 줄 알았던 손녀가 웃고 있었다.

"내가 그랬잖아. 할머니한테 일러봤자, 어머나 저런, 하고 말 거라고."

"하하하" 하고 소타가 웃고 모모코도 웃었다.

---

* 생선살과 밥을 길게 말거나 뭉친 뒤 잘라서 먹는 초밥의 한 종류.

"그야, 이렇게 말할 수밖에 없잖니."

"그러게 처음부터 무리하는 것 같더라니."

모모코에 이어 소타가 말했다.

"그래서 내가 결혼하지 않는 게 낫겠다고 말했는데."

아야코가 한숨을 내쉬며 말했다.

"어떻게든 되겠지 싶었는데 안 되더라고."

사쿠라가 남의 일처럼 말한다.

"요시로는 이해하던?" 하고 묻는 도키코.

"했지. 헤어지기로 정하고 나니 사이가 더 좋아."

"얼마 전에도 셋이서 밥 먹었잖아."

무슨 말이라도 해야겠다고 생각했는지 고이치가 덧붙인다.

"그럼 된 거 아니니?" 모모코가 말했다. "아이가 있는 것도 아니고, 간단한 일이잖아."

잠시 공백이 생겼다. 모모코가 그렇게 느낀 건, 하지 않아도 될 말을 했다고 금세 후회했기 때문인지도 모른다.

어쨌든 모두가 합의라도 한 것처럼 자기들 가까운 접시에 젓가락을 뻗는 순간, 드르륵하고 문이 열리며 다쿠토가 들어왔다.

"해피 버스데이 투 유."

다쿠토는 멜로디를 붙여 목청을 높이며 등뒤에 감추고 있던 꽃다발을 모모코를 향해 내밀었다. 장미만으로 다채롭게 색을 조합해 만든 큼직한 부케. 모모코는 자기도 모르게 다쿠토의 등뒤를 살폈다. 꽃다발 뒤에 여자도 숨긴 게 아닐까 하고. 이 뒤에 여자가 주뼛거리며 들어오는 건 아닐까 하고. 그러나 뒤에는 아무도 없었다. 낮에 만났다가 몇 시간 만에 보낸 건가. 그런 약속이었을까. 아내의 생일이라는 건 밝혔을까. 여자가 알았다고 했을까. 아니면 여느 때처럼 쓸데없이 뒤죽박죽인 거짓말을 한 건가.

"서프라이즈" 하고 다쿠토가 이어서 한 말이 대답처럼 느껴지기도 해서 모모코는 기분이 이상했다.

"아이 러브 유, 포에버."

장미꽃 외에 다쿠토가 가져온 선물은 하토사브레[*]였다. 어째서 하토사브레인 건지, 어디서 사 온 건지 다쿠토는 설명하지 않았고, 가족 중 누구 하나 물어보려는 사람도 없었다. 어차피 물어봤자 언제나처럼 적당히 지어낸 얘기나 돌아오겠지, 모모코는 생각했다.

커다란 종이가방에 하토사브레가 몇 상자나 들어 있던 터라 다음 휴일에 커피집으로 한 상자를 가져갔다.

"가마쿠라네여" 하고 로자가 하는 말에 모모코는 "잘 아네"

---

[*] 일본 가마쿠라 지역의 특산품인 비둘기 모양의 과자.

하고 감탄하는 모습을 보였다.

"우리, 데이트로 갔었어요. 두 사람도?"

모모코는 다쿠토 쪽을 보았다. 다쿠토는 새침한 표정으로 한 손가락을 세웠다.

"혼자? 부인만?"

"아니, 나 혼자 갔었어. 가마쿠라."

"아, 그래여?"

브라질 사람인 아내는 물론이고 그 옆에서 빙그레 웃고 있는 가게 주인도 더는 묻지 않았다. 애당초 다쿠토의 말에서 그들이 아무런 함의를 느끼지 않은 건지도 모른다. 당연히 모모코도 잠자코 있었다. 언제나 함의를 확인하고 싶다는 생각은 안 한다.

그것과 별개로 어째선지 커피집 부부는 안절부절못했다. 여느 때처럼 시간을 들여 내린 커피를 가져오더니 잠시 후 주인이 말을 꺼냈다. 로자에게 요리를 가르쳐주면 좋겠다고 했다. 지난번 히라쿠에서 음식을 먹고 감동했다면서. 커피만으로 손님이 오지 않으니 앞으로 점심 메뉴를 낼 생각이라고 한다.

"좋네, 그거." 다쿠토가 단번에 그렇게 말했다. 과거 이 자리에서 눈 깜짝할 새에 식당이 망했다는 걸 부부는 알까. 모모코는 그렇게 생각했지만 결국 수락하기로 했다. 왠지 그러고 싶었다. 다쿠토와 똑같은 수준으로 무책임한 결정일 뿐이었지만. 일단은 다음날, 로자가 히라쿠에 오기로 했다. 다음 휴일까지 부부가 기다릴 수 없는 듯 보였고, 그렇다면 재료 준비를 거들게 하는 게 빠른 방법이리라 모모코는 생각했다.

도키코가 노골적으로 어이없다는 표정을 지었다. 무슨 일을 할 것도 아니면서 따라온 남편 때문이기도 했고, 로자의 형편없는 솜씨 때문이기도 했다. 이 수준이면 남편이 요리하는 게 낫지 않을까. 말이용 달걀을 깨서 섞는 로자의 손놀림을 보면서 모모코 역시 그렇게 생각했지만, 젊은 사장은 아무래도 커피를 내리는 일밖에 자신 없는 모양이었다.

이건 안 되겠다. 첫날 모모코는 생각했다. 어떻게든 도와주고 싶었지만 도저히 수가 없었다. 점심 메뉴를 개시한들 손님은 오지 않을 테고, 초심을 관철해 커피에 전념해도 역시 조만간 발길이 끊기리라. 모모코는 동정과 연민과 기묘한 공감을 느꼈고, 그건 보티첼리의 여자와 최신 여자를 "가여워라" 하고 여겼을 때와 꽤 비슷한 감정이었다.

부부는 사흘 동안 찾아왔다. 포기하는 데까지 그만큼 걸렸다는 뜻이기도 했다. 다쿠토는 이틀 동안 모습을 보이지 않다가 마지막날에 홀연히 나타났다. 잡지를 한 권 들고 있었다.

"마침 잘 만났네. 이거 줄게" 하고 그가 카운터에 놓은 건 요리 잡지였다. 미용실에서 가끔 봐서 모모코도 알았다. 매 호마다 특집 주제에 맞춰 음식점과 요리 레시피와 식재료를 소개한다. 이번 호는 콩 특집인 것 같았다.

멀찍이 떨어져 기름 속에 닭고기를 던져넣으려 해서 도키코에게 제지당했던 로자가 어쩔 수 없다는 듯 잡지를 받았다. 그러고서 냉장고에 기대선 채 팔랑팔랑 넘겨보더니 "이런 건 절대로 무리야, 만들 수 없어" 하며 금세 그걸 팽개쳤다. 로자는 울면서도 웃는 듯한 표정이었는데, 어쩌면 확실히 포기하기로 정한 게 그 순간이었는지 모른다.

그런 연유로 커피집의 젊은 부부가 맥없이 돌아간 뒤 잡지는 여전히 카운터 위에 놓여 있었다. 그날의 영업을 시작하며 분명 누군가가 잡지를 치웠을 텐데, 마지막 손님이 돌아가고 대강 뒷정리가 마무리됐을 때 문득 정신을 차리고 보니 웬일인지 그 잡지가 다시 카운터 위에 있었다.

모모코는 잡지를 집었다. 나중에 생각해보니 그렇게 한 건 잡지에 흥미가 있어서라기보다 모종의 수상함, 또는 예감 때문이었는지도 모르겠다. 결국 알게 되는 것이다. 다쿠토에 관한 거라면 무엇이든 다.

일단 가게를 나갔던 다쿠토가 조금 전 돌아왔으니 지금은 2층에 있을 터였다. 어째서 그럴 마음이 든 건지 모르는 채 모모코는 혼자 카운터석에 남아 잡지를 넘겨봤다. 특집 기사와 관계없이 여백 채우기용으로 짤막하게 실린 기사에 눈길이 멈춘 건 그 페이지의 끝이 접혀 있었기 때문이다. 우연히 접힌 듯 일부러 표시했다고 여겨지진 않을 정도였지만 역시 모모코는 어떤 예감에 사로잡혀 그 페이지를 보았다.

지역 특산물을 이용한 요리 경연대회 기사였다. TV 프로그램과 제휴해 매달 개최지를 바꿔가며 실시되는 모양이다. 이번 지역은 가마쿠라로, 우승한 요리는 가마솥에 살짝 쪄낸 멸치를 듬뿍 넣은 오코노미야키*였다. 요리를 만든 사람의 간단한 이력과 사진과 이름이 나와 있다. 고타리 스미에. 68세. 가마쿠라 거주. 주부. 성姓이 바뀌었지만 모모코는 그녀를 알고 있었다.

"사쿠라는 어떻게 할 생각인 거지?"

데친 토란을 일부 덜어 으깨서 된장과 섞으며 도키코가 말한다.

"어떻게 하긴, 이혼하겠지."

모모코는 손님석에 앉아 행주로 유리잔을 닦고 있다. 이날은 부지런히 일할 의욕이 생기지 않지만 도키코를 걱정시키지 않도록 해도 그만 안 해도 그만인 일을 하고 있다.

"아직 결정된 건 아니잖아." 도키코가 말한다.

* 밀가루 반죽에 고기, 해산물, 채소 등 원하는 재료를 넣고 철판에 부치는 요리.

"그래?"

"결정된 건가? 뭐, 어느 쪽이든 상관없지만. 성가신 일이 안 생기면 좋겠는데."

"성가신 일이라니."

도키코는 토란으로 만든 무침용 양념을 작은 접시에 조금 올려 모모코에게 내밀며 "우리 가게에서 일하고 싶다고 한다거나" 하고 말한다.

"그래도 상관없잖아."

"우리한테 그럴 여유가 없잖아."

"나도 슬슬 그만두고 싶기도 하고."

"그런 거야? 엄마."

모모코가 애매하게 고개를 끄덕이자 도키코도 비슷한 표정이 되었다. 대화는 거기서 끊어졌다. 이 아이가 나를 제일 많이 닮았다고 모모코는 생각한다. 나태한 부분이. 하지만 계속 나태하게 사는 것도 피곤한 법이다. 이제는 지쳐버렸다.

"왜요?" 하고 도키코가 귀찮다는 듯한 표정을 짓기에 모모코는 자신이 그애를 가만히 바라보고 있었다는 걸 깨달았다. "무침용 양념에 참깨를 좀더 넣는 게 어때?" 하고 얼버무렸다.

도키코. 첫 아이. 이 아이를 임신해서 모모코는 다쿠토와 하나가 되었다. 아이가 태어나면 결혼하자. 그는 아주 깔끔하게 그렇게 말했다.

애정이나 책임감 때문이 아니라는 건 그때부터 알았다. 다쿠토는 스미에를 버리고 싶어했다. 스미에가 너무 어려서 무슨 말을 해도 듣지 않을 것 같으니 그애를 절망시킬 이유가 필요했던 거다. 아주 맞춤한 이유. 아니면 스미에가 모모코의 제자였다는 것, 스미에가 그녀를 신뢰한다는 걸 알았기 때문에 그는 모모코를 선택했는지도 모른다. 모든 책임과 미움을 자신이 아니라 모모코에게 떠넘기기 위해서. 그는 뒷일 같은 건 생각하지 않았다. 생각할 필요도 없었던 거다. 남편이 되고 아버지가 되어서도 조금도 변하지 않았으니까.

자살을 시도한 스미에가 입원한 병실에 금붕어가 있었던 게 기억난다. 그날 혼자서 처음 방문했을 때는 금붕어를 본 기억이 없었는데, 그후 다쿠토를 데리고 병실에 들어갔을 때 알아챘다. 자그만 유리어항에 든 붉은 난금붕어. "미안, 나 결혼해"라고 스미에와 그애의 어머니 앞에서 다쿠토는 말했다. "이 사람 뱃속에 내 아이가 있어"라고. 대단한 연기력이었다. 가슴이 쓰라린 듯, 하지만 굳은 결의를 담아, 진실로 사랑하는 여자와 뱃속의 아이를 위해 미움받고 비난당할지라도 자신은 이렇게 할 수밖에 없다는 식으로 지껄였다.

스미에는 울지 않았다. 그애는 다쿠토가 아니라 모모코를 응시하고 있었다. 이후 모모코는 수시로 떠올린다. 그 순간 그 눈에 자신이 더없이 추하고 더러운 괴물로 비쳤으리라고. 결사적으로 그 시선을 견디다 결국 눈길을 돌리고 말았을 때 금붕어가 든 어항이 보였다. 큰 소리를 낸 사람은 어머니였다. "나가세요. 선생이라면서 뭐 이런 사람이 다 있어. 이대로 가만히 있지 않을 겁니다." 그래서 모모코와 다쿠토는 병실을 나왔다. 병원 밖으로 나왔을 때 다쿠토가 말했다. "그 금붕어 봤어? 그런 걸 놔두는 게 유행이잖아, 자살을 시도했던 이의 방에. 건강한 생명체를 보고 생명의 소중함을 깨닫게 하려는 거지. 시시해. 차라리 아프리카 주술사가 더 재치 있다니까."

그래도 금붕어가 다소 효과를 발휘했는지도 모르겠다. 스미에가 더이상 죽으려 하지 않았으니까. 아니, 실상은 모른다. 스미에의 어머니가 예고한 대로 모모코가 교직에서 쫓겨났기 때문에 훗날의 일은 알 방법이 없었다. 솔직히 말하면 모모코는 알게 되는 일로부터 도망친 것이다. 스미에의 신변에 또 무슨 일이 생긴다면 그 책임을 져야 하는 한 사람으로 자신이 불려가게 될 테니 그런 일이 없는 한 모모코는 스미에가 무사하다 여기기로 했다. 정말이지 다쿠토에게 어울리는 여자가 된 셈이었다.

그렇게 모모코가 묵살한 이후 스미에의 오십 년이 어떠했는지는 모르지만, 아무튼 그녀는 죽지 않고 예순여덟 살이 되었다. 고타리라는 성씨의 남성과 결혼해 요리를 잘하는 주부가 되고, 지역 명물인 멸치 치어를 사용해 감각 있는 요리를 고안하고 경연대회에 응모해 최우수상을 받았다. 그때의 모습이 TV로 방영됐고 잡지에도 실렸다. 분명 다쿠토는 우연히 TV를 본 것이리라.

그래. 그렇게 된 일이었다. 모모코는 단번에 이해했다. 모든 것이 물 흐르듯 연결됐다. 모모코가 방에 들어왔을 때 다쿠토가 TV를 끈 것. 하토사브레. 잡지. 다쿠토는 스미에가 가마쿠라에 있다는 걸 알고 가봤을 것이다. 어쩌면 이런 경우에 유감없이 발휘되는 열정과 수법을 총동원해 연락처를 알아내고 만났을지도 모른다. 만났겠지, 분명. 모모코는 거의 확신한다. 한 번이 아니라 두 번, 세 번도 만났을지 모르겠다. 스미에가 당했던 일이나 그녀의 성격으로 미루어보면 그런 건 있을 수 없을 듯하지만, 다쿠토라는 남자를 안다면 가능한 일이라고 생각된다, 충분히.

그리고 모모코는 한 가지 더 확신했다. 이것이 다쿠토가 무심코 한 행동이 아니었음을 간단히 알아차렸다. 그 남자는 틀림없이 모모코에게 알리려 했던 것이다.

오랜만에 다쿠토와 함께 커피집에 갔더니 테이블석 세 곳에 꽃 한 송이를 꽂은 작은 유리병들이 하나씩 놓여 있었다.

꽃병은 처음 보는 것이었고, 꽂혀 있는 튤립은 이미 시들기 시작했다. 그리고 젊은 부부는 왠지 귀찮다는 듯 그들을 대했다. 로자는 그 이유를 밝히지 않을 생각인 듯했지만 가게 주인이 말해주었다. 커피를 가져왔을 때 이렇게.

"가게를 접기로 했습니다."

저런, 하고 반응한 건 다쿠토였다.

"당분간 로자의 친정에서 지내기로 했어요. 아이를 낳을 거면 그쪽이 좋겠다고 아내도 그러고. 할일도 있는 것 같아서요."

"그렇군요. 그것도 괜찮죠."

모모코는 그렇게 말할 수밖에 없었다. 아무래도 한 송이 꽃에 눈길이 갔다. 이 꽃병을 준비하고 튤립을 살 때는 아직 포기하지 않았을까. 그렇게 생각하니 슬픈 기분이 들면서도 어쩐지 마음이 놓였다. 그들이 떠나는 건 다행한 일이다. 더는 이 가게에 별로 오고 싶지 않았지만 자신들마저 찾지 않으면 그들이 딱하다고 생각했다. 그런데 이제는 그런 고민도 없어지는 셈이니까.

"브라질에서 일본 요리점을 하는 건 어때?"

다쿠토가 그렇게 말했지만 로자도 가게 주인도 침묵했다. 그러고서 로자가 "비 온다"라고 중얼거렸는데, 요컨대 그 말이 "이제 그만 돌아가주면 좋겠다"라는 뜻인 것 같았다.

어느새 하늘이 해 질 무렵처럼 어두워졌다. 툭툭 떨어지는 빗방울이 제법 굵었고 아스팔트 길에 닿자 큰 얼룩이 되었다. "금방 쏟아지겠네, 빨리 가야겠어." 다쿠토의 말에 모모코는 자전거 짐받이에 앉았다.

"꽉 잡아."

모모코는 다쿠토의 몸통에 팔을 두른다. 자전거가 달리기 시작한다. 가가가가가, 하고 다쿠토가 이상한 소리를 내며 페달을 밟았다. 속도가 빨라지고 모모코는 떨어지지 않으려고 다쿠토에게 꼭 매달렸다. 빗발이 점점 거세진다.

모모코는 다쿠토의 냄새를 맡았다. 야윈 등에 몸을 밀착하자 견갑골 사이에 얼굴이 쏙 들어간다. 이렇게 둘이서 자전거를 타는 게 얼마 만인지, 모모코는 생각하지만 아련한 느낌은 들지 않았다. 줄곧 이렇게 있었던 것 같다. 이 남자와 만난 순간부터.

가가가가가. 우햐햐햐. 다쿠토는 계속해서 괴성을 지른다. 어느새 억수같이 쏟아지는 빗줄기가 둘을 옷 속까지 흠뻑 적신다. 그래, 우린 줄곧 이렇게 있었던 거야, 모모코는 생각했다. 그리고 자전거는 어디에도 도착하지 않을 것이다.

마음대로 보지 말 것

오후에는 다쿠토 씨와 병원에 가기로 했다.

이날 십 년 차 결과를 알 수 있다고 알린 건 나였지만, 그럼 같이 가자고 말을 꺼낸 건 다쿠토 씨였다. "대기실에서 기다리고 있을게. 축하파티 하자."

십 년 전 수술을 받은 뒤로 언제나 몸에 구멍이 뻥 뚫린 느낌이 들었는데 그를 만나고 그 부분이 메워진 것 같았다. 그런 얘기를 했더니 다쿠토 씨는 "그럼 나는 아리사의 새 자궁인 거네" 하고 말했다.

내가 자궁을 잃었다는 사실을 털어놓은 상대는 다쿠토 씨가 처음이었다. 만난 지 얼마 안 돼 그에게 말해버렸다. 암이 재발하는지 지켜보기 위해 반년에 한 번씩 검사를 받고 있다는 것도.

"가엾어라." 이게 다쿠토 씨의 대답이었다. 어째선지 나는 실망이나 분노하는 마음도 들지 않았다. 그때껏 사귀었던 남자는 물론, 어느 여자에게도 절대 이 사실을 밝히지 않았던 이유가 남들한테 불쌍하게 여겨지는 게 싫어서였는데도 말이다. 다쿠토 씨는 그 말 한마디뿐이었다. 그리고 곧바로 우리는 잤다.

그와 만난 지 이제 곧 반년이 된다. 그동안 다시 그 화제를 꺼내는 일은 없었다. 그럼에도 내가 이번이 십 년째라는 얘기를 했더니 다쿠토 씨는 당연하다는 듯 함께 가자고 해주었다. 병원은 그가 사는 동네에서 가깝다(처음 만난 것도 그 병원이었다). 여느 때처럼 새 파는 가게에서 만나기로 약속하고, 점심을 먹고서 오후 3시 예약에 늦지 않도록 병원에 가기로 했다.

그러나 다쿠토 씨는 오지 않았다. 휴대폰도 받지 않는다. 대체로 약속에 잘 늦는 사람이긴 하지만 나는 새 파는 가게를 들락날락하며 거의 두 시간을 기다렸다. 그때껏 손님이 한 명도 오지 않던 가게에 누군가 들어오는 발소리가 나기에 신나서 가봤더니 그의 아들이 서 있었다.

지금 그 아들은 우리가 함께 들어왔던 찻집 밖으로 나가서 휴대폰으로 전화를 하고 있다.

창문 너머로 이쪽을 힐끔힐끔 쳐다보기에 다쿠토 씨인가 싶었지만 아닌 모양이다. 뭔가 복잡한 얘기를 하는 것 같다. 다쿠토 씨는 전화로 성가신 얘기를 하지 않는다. 실제 성격대로 말하자 면 전화가 아니어도 그렇다.

아들은 분명 나보다 젊은데 그렇다고 삼십대인 것 같진 않고 아마 마흔두세 살쯤 됐을 것이다. 이름은 소타. 다쿠토 씨에게 들어서 그 이름의 한자까지 기억하고 있다. 둘이서 히라쿠에 간 적이 몇 번 있는데 한번은 카운터석에 아들과 나란히 앉게 됐다. 가게에서 나와 내가 물었더니 다쿠토 씨는 "이름이 뭐였더라" 하고 짐짓 딴청을 피웠다. 그러고는 "맞아 소타였지. 창작 할 때 창創에 클 태太를 쓰는데 이름대로 된 건 굵어진 것*뿐이라니까" 라고 했다.

그래도 아들은—이름을 기억하지만 왠지 부를 마음은 안 든 다—소설을 쓰고 있는 모양이다. 먼저 그런 얘기를 했다. 문예지 신인상 후보에 일차 선정이 됐다나. 내가 편집자인 걸 알고 하는 말이겠지만 이 상황에서 맥락도 없이 그 말을 꺼내는 시점에 그 가 변변치 않다는 걸 어렴풋이 알 수 있었다. 오히려 다쿠토 씨 가 재능은 더 있으리라. 그의 소설에 관해 내가 정당한 판단을 할 수는 없지만.

---

* 일본어로 太는 '굵다' '뚱뚱하다'를 뜻한다.

아들이 찻집 안으로 돌아왔다. 눈물을 참는 것 같기도 하고, 폭소하기 바로 직전인 것도 같은 기묘한 표정으로 나를 보며 "같이 가줬으면 하는데요" 하고 말했다.

"어디를요? 어째서?"

"집에요. 할 얘기가 있대요. 엄마…… 아니 어머니가. 그리고 아버지도."

"다쿠토 씨도 있어요?"

"아뇨, 없지만. 아니다, 있을지도 몰라요. 전화가 왔어요. 그래요, 전화. 당신을 집으로 데리고 오라고요, 아버지가. 아무튼 가보지 않으면 잘 몰라요, 나도."

도무지 영문을 알 수 없었지만 결국 아들과 함께 가기로 했다. 무슨 일이 벌어진 건지 알고 싶어 참을 수 없었고, 다쿠토 씨와 둘이서는 뻔뻔하게 찾아가는 히라쿠에 오늘은 혼자라 못 간다고 하기도 꼴사나운 일 같았기 때문이다.

대낮의 히라쿠는 기묘한 느낌이 났다. 밤에는 감춰져 있던 외벽의 균열이나 미닫이문의 갈라진 창살이 적나라하게 드러났다. 그런데 그 모습이 실제가 아니라 마치 연극 무대의 배경 같아서 다쿠토 씨가 나를 위해 연출했다고 하면 그대로 믿을 수 있을 것 같았다. 아들은 잠시 뭔가를 골똘히 생각하더니 미닫이문을 열었다. 가게 안에는 여자들뿐이었다. 카운터석 너머에 다쿠토 씨의 아내, 바로 앞 의자에는 가게 일을 돕는 장녀. 그럼 그 옆 사람은 차녀겠지.

나는 그들과 마주보았다. 세 여자가 나를 응시했고 나는 그 눈길을 피하지 않기로 했다는 뜻이다. 왜 내가 여기까지 왔을까 하는 후회가 새삼스레 부풀어올랐다. 당연히 이 여자들은 내가 다쿠토 씨와 잠자리를 한다는 사실을 눈치챘을 것이다. 밤에 그와 함께 술을 마시러 왔을 때부터 분명 알아챘을 테지만, 지금 이 순간에 그 짐작이 확신으로 바뀌었을 것이다.

"안녕하세요." 다쿠토 씨의 아내가 말했다.

"안녕하세요."

나도 인사했다. 어떤 표정을 지어야 좋을지 모르겠다. 장녀와 차녀는 인사하지 않는다. 잠시 침묵이 흐른 뒤 "저기" 하고 장녀가 말했다.

"아버지가 쓰러졌대요. 지인네 집에서. 우릴 불렀는데 당신도 와줬으면 하는 것 같아요. 약속했었죠? 오늘, 아버지랑."

"무슨 일 있나요?"

나는 그 질문에 답하지 않고 물었다. 대답은 없다. "무사한 건가요?" 나는 다시 물었다.

"무사하지 않으니 우릴 부른 거잖아요. 아버지가 당신도 만나고 싶어하는 모양이니, 우리로선 내키지 않지만 같이 가자고 얘기하는 거고요."

　장녀는 책이라도 읽는 것처럼 막힘없이 말했다. 하도 또랑또랑하게 말해서 기분 나쁘게 들리지 않을 정도였다. 지인이라면, 하고 내가 중얼거리자 이번에는 차녀가 "아버지의 지인 말이야" 하고 노골적으로 불쾌하게 대답했다.

　나는 다쿠토 씨의 아내를 보았다. 이런 때 그녀에게 의지하고 싶은 기분이 들다니 기묘한 일이다. 다쿠토 씨는 아내보다 일곱 살 젊다. 즉 지금 그녀는 일흔아홉 살이라는 말이다(다쿠토 씨가 스스로 밝힌 나이가 거짓이 아니라면). 다쿠토 씨는 나이보다 훨씬 젊어 보이지만 이 여자는 나이에 맞게 늙었다. 예쁜 노파이긴 하다.

　"가고 싶어요?"

　다쿠토 씨의 아내가 말했다. 떠보는 듯한 말투였다. 그래서 나는 고개를 끄덕였다.

　언제나 먼저 아이가 생각난다.

　세 살 정도 되는 여자아이. 내 발밑에 쪼그려앉아 고개만 바짝 들고 내 얼굴을 올려다보고 있다. 딱 한 번 살짝 웃어준 게 실수였다. 그러고선 내가 모르는 체하거나 무서운 얼굴로 노려보아도 나를 올려다보는 걸 멈추지 않았다.

여느 때와 같은 검사일. 병원에서 수납하려고 기다릴 때의 일이었다. 나는 거의 그 아이에게 조롱당하는 기분이었다. 몸 상태가 몹시 안 좋았다. 담당의가 독감으로 결근하는 바람에 다른 의사가 내 다리 사이에 기구를 넣어 조직을 떼어냈는데, 시간도 오래 걸린데다 말도 안 되게 아팠다. 처치가 끝나고도 몸이 후들거려 진찰대에서 못 내려오고 있자니 의사가 짜증스레 큰 소리를 냈다. 그 순간 나는 실제로 받은 것 이상의 타격을 느꼈던 듯하다. 병원에 가서 다리를 벌리고, 이번에도 살아남을 수 있을지 없을지 검사한 결과가 나오기까지 이 주라는 기다림의 반복. 그게 지금 내 인생이라는 사실이 사소한 계기로 덜컥 소나기처럼 덮쳐와 나를 흠뻑 적실 때가 있는데, 이때도 그랬다.

아이의 엄마는 내 옆에 앉아 스마트폰 화면을 두드리며 메모장에 뭔가를 열심히 적고 있었다. 배가 산만큼 불러 둘째 아이가 곧 태어나리라는 걸 알 수 있다. 내가 다니는 병원에는 그런 여자들이 흔하다. 건강하고 튼튼한 자궁, 이라는 단어가 언제나처럼 머릿속에 떠올랐다. 내 발밑에 있던 여자아이는 그저 나를 올려다볼 뿐 소란스레 굴거나 날뛰던 것도 아니었기에 아이 엄마가 알아챌 리 없었다. 나도 차라리 그녀가 못 알아채기를 바랐다. 내가 아이에게(또는 건강하고 튼튼한 자궁에) 위협받고 있다는 사실 따위를. 나는 그 자리를 피하고 싶어 견딜 수 없었지만,

일어나는 순간 쓰러져버릴 것 같기도 했고 그러면 아이가 소란을 피우겠구나 싶어 움직이지 못했다.

"수납 다 했어. 가자."

웬 남자가 말을 건네는 상대는 누가 봐도 나였다. 그 사람이 다쿠토 씨였다. 그 순간 그는 '몸집이 작은 초로의 남자'로 보였다. 그가 나와 아이의 사이를 가로막는 위치로 비집고 들어와 나를 향해 한쪽 눈을 찡긋했다. 그래서 알았다. 아, 이 사람이 나를 구해주려는 거구나. 내가 곤란해하는 걸 어떻게 알아챘는지 모르겠고 경계심이 들기도 했지만, 그 순간 내게는 아이보다 초로의 남자가 더 나았다. 그가 팔을 잡아줘서 일어날 수 있었고 그다음에는 혼자 걸을 수 있었기에 수납은 일단 포기하고 그에게 고맙다는 말을 한 뒤 택시를 타버리면 되겠다고 생각했다.

"레몬스쿼시 마시고 싶지 않아?"

이어서 다쿠토 씨가 그렇게 말했을 때, 나는 생각과 반대로 고개를 끄덕이고 말았다. "마시러 갈래?"가 아니라 "마시고 싶지 않아?"라는 물음이라 그랬는지도 모르겠다. 아니, 그런 건 핑계다. 나는 그 순간 눈앞에 불쑥 나타난 젊지 않은 남자와 레몬스쿼시를 마시고 싶다고 생각한 것이다. 그가 나를 데리고 간 곳은 병원 지하에 있는 카페였고, 어두컴컴하고 전혀 매력이 없는 가게였으나 그런 점 때문에 왠지 모르게 안심했다. "여기는 레몬스

퀴시만 맛있어서 오늘도 이걸 마시러 병원에 왔다고." 다쿠토 씨
는 말했다. 가늘고 긴 유리잔에 담긴 별로 특별할 것도 없는 레
몬스퀴시를 나는 맛있다고 생각했다.

　오후 3시가 지난 시각. 병원에서 검사 결과를 듣고 있을 시간
에 나는 차 안에 있다. 야마테도오리*에서 중앙고속도로에 진입
해 지금은 벌써 조후시를 지났다. 여기저기 찌그러진 흰색 자동
차를 운전하는 건 장녀이고 그 옆에 아들이 앉았다. 나는 다쿠토
씨의 아내와 차녀 사이에 끼어 뒷좌석에 앉아 있다. 떠날 채비를
할 테니 잠시 기다리라고 한 뒤에 나를 부르기에 밖으로 나갔더
니 자리 배치가 그렇게 정해져 있었다.
　"어디까지 가는 거예요?"
　후추시를 지났을 때 내가 물었다. 다쿠토 씨의 평소 행동반경
으로 보기에 너무 멀다는 생각을 하면서.
　잠시 뜸을 두더니 "하치오지 쪽"이라는 장녀의 대답과 거의
동시에 다쿠토 씨의 아내가 "산"이라고 말했다.
　"엄마." 차녀가 질책하듯 부르자 "뭐, 산도 괜찮지" 하고 장녀
가 말했다.

---

　* 도쿄 시나가와구에서 이타바시구에 이르는 주요 지방도.

"하치오지에서 내리는 건가요?"

아무도 대답하지 않는다. 내가 좀더 물으려 하자 장녀가 "아, 몰라요" 하고 짜증난 투로 말한다.

"지금 남동생한테 알아보라고 했으니까. 주소만 가지고는 잘 모른다고요."

그 주소를 알려주세요, 라고 말하려는데 어째선지 소리가 입 밖으로 안 나온다.

"왜 그렇게 먼 곳까지……"

그 대신 혼잣말이 새어나왔고, 장녀가 "왜는 무슨" 하고 비웃 듯 대꾸했다.

"우리가 그런 걸 알 리 없지. 원래 그런 사람이잖아?"

"도키코, 좀더 친절하게 말할 순 없니."

다쿠토 씨의 아내가 재차 끼어들었다.

"괜찮은 거죠? 그이."

나는 역시나 그녀에게 의지하고 싶은 기분으로 그렇게 물었다.

"글쎄, 모른다니까요."

차녀가 히스테릭하게 소리쳤지만 다쿠토 씨의 아내가 "괜찮 아요" 하고 차분히 말했다.

"당신을 신경쓸 정도인걸요, 괜찮아요."

"그이랑 얘기한 거예요?"

다쿠토 씨의 아내는 잠자코 생각에 잠긴 듯했다. 그러고는 고개를 들더니 "당신, 그이라고 부르는군요" 하고 말했다. 이번에는 내가 입을 다물 차례였다.

"그동안 애썼네."

남자는 말했다. 어젯밤 일이었다. 그 순간 몸이 떨렸다. 전화한 걸 후회했지만 이미 늦은 일이었다.

남자와 나는 같은 회사에서 일한다. 작은 출판사이지만 각자 부서가 있는 층이 달라 평소에는 별로 얼굴을 마주치는 일이 없다. 남자가 나를 피하고 있다는 뜻일 수도 있다. 과거 우리는 같은 해외문학 부서에 있었고 남자가 내 상사였는데, 십 년 전에 수술한 뒤로 나는 실용서 편집부로 옮기게 됐다. 남자 자신은 물론, 누구도 그렇다고는 말하지 않았지만 부서 이동은 남자의 계략에 의한 일이 분명했다. 나와 남자는 연인 사이였지만 내 병을 알고 얼마 지나지 않아 헤어졌으니까.

"그때 이후로 십 년이 지났네."

그야말로 십 년 만에, 내 전화를 받고 동요하는 모습을 감추려는 남자를 향해 나는 말했다.

"십 년. 그래서?" 남자가 한 말에 재빨리 나는 이글거리는 분노를 담아 말했다. "난, 살아남은 거야."

"무슨 뜻이야?"

"수술한 지 십 년이 지났고, 전이된 징후는 없어. 오늘 십 년 차 검사 결과가 나왔거든."

실제로는 마음이 한발 앞선 보고였다. 결과는 아직 모르니까. 하지만 어젯밤 나는 어떻게든 남자에게 그렇게 말하고 싶었다.

"아. 병 얘기였구나."

"그럼 무슨 얘기라고 생각했어?"

"우리가 헤어진 지 십 년 됐다는 얘기인 줄 알았어."

"똑같은 거잖아."

"똑같지 않아."

십 년 전에도 남자가 그렇게 말했던 게 생각났다. "네게 병이 생겨서 헤어지고 싶다는 게 아니야. 아프다는 걸 알고 나서 넌 다른 사람으로 변했어. 전엔 그런 여자가 아니었다고. 그야 당연히 힘든 경험이라는 거 알아. 그런 널 지켜주고 지지할 생각이었어. 하지만 네가 고슴도치처럼 가시를 세우고 있으면 어찌할 방법이 없어. 넌 나를 거부하고 있어. 그래서 헤어지는 거야. 병 때문이 아니야. 그 두 가지 이유는 같지 않아."

"당신은 내가 죽을 거라고 생각했지? 곧 죽을 여자와는 함께 있을 수 없다고 생각한 거잖아."

"그런 얘기를 하려고 전화한 거야?"

"난 그저……"

뭐지? 나는 이 남자에게 왜 전화했지? 아마 나는 그에게 당신이 틀렸다고 말하고 싶었던 거다. 아마 그럴 것이다.

"나는 아직 살아 있어."

남자는 잠시 뭔가를 생각하는 듯했다. 그런 다음 그때까지와 다른 어조로, 지극히 상냥한 어조로 "그동안 애썼네"라고 말했다.

전화를 끊은 뒤에도 손이 떨렸지만 이내 진정됐다. 내일이면 다쿠토 씨를 만날 수 있으니까. 다쿠토 씨를 만나 병원에 가서 의사에게 "이제 괜찮습니다"라는 말을 듣고, 지하에서 레몬스쿼시를 마시면서 지금껏 하지 않았던 이 남자 얘기를 해야지. 이 남자한테 "그동안 애썼네"라는 말을 들었다는 것을. 그럼 분명 다쿠토 씨는 재치 있는 말을 꺼내서 이걸 순식간에 웃긴 얘기로 만들어주겠지. 둘이서 이 남자 얘기로 웃을 수 있겠지.

극심한 정체에 빠졌다가 차가 이제 좀 움직이는구나 싶더니 어느샌가 하치오지를 지나고 있었다. 그러다 결국 사가미호수 나들목에서 고속도로를 빠져나갔다.

차는 인공호수를 따라 달려간다. 해는 구름 뒤에 숨었고 하늘과 호수는 거의 비슷하게 우중충한 색을 띠고 있다. 초등학교 저학년 시절 소풍으로 왔던 곳이 분명 여기였던 것 같다. 관광지겠지만 아주 적막하다. 간혹 어울리지 않는 산뜻한 색이 눈에 들어온다. 꽃잔디 화단이라든가, 어린이용 놀이기구라든가, 러브호텔의 삼각지붕 같은. 그것들 때문에 오히려 풍경이 더 처량해 보인다.

"을씨년스러운 곳이네."

다쿠토 씨의 아내가 중얼거린다. 가족은 아무도 반응이 없다.

"전혀 산이 아니잖아."

아까도 이 여자는 산이라고 말했다. 산에 있다고, 다쿠토 씨가 직접 말한 건가.

"저기, 왠지 배고프지 않아?"

가족과 함께 있은 후로 거의 말을 하지 않던 아들이 갑자기 목소리를 냈다. 반응은 없다. 조금 지나 다쿠토 씨의 아내가 "어디 들렀다 갈까?" 하고 말했다.

"엄마도 참, 무슨 소릴 하는 거예요."

차녀는 말할 때마다 목소리가 한 톤씩 높아진다.

"소타, 너 아까 돼지처럼 먹었잖아. 배가 왜 고픈 거야?"

아들은 다시 입을 다물어버렸다.

"동생한테 돼지가 뭐야. 그러지 마라."

다쿠토 씨의 아내가 차녀를 나무랐고, 나는 심장박동이 빨라지는 걸 느꼈다. 뭔가 이상하다. 이 사람들 이상해. 아니, 처음부터 이상하다고 느꼈지만 생각했던 것보다 훨씬 더 이상하다.

"어디로 가는 거예요? 주소를 알려주세요."

나는 드디어 이 질문을 했다. 대답은 없다.

"다쿠토 씨는 어디에 있어요? 정말로 전화가 왔었나요?"

아무도 대답하지 않는다. 왜 잠자코 있느냐고 물으려는 찰나, "이번에는 '다쿠토 씨'라고 했네, 이 사람" 하고 차녀가 말했다.

"그렇게 불렀었어, 언제였더라 우리 가게에서." 장녀가 응수한다. "당당하게 우리 가게에 오더라니까, 아빠한테 딱 붙어서."

"그런 여자니까 아빠한테 빠진 거야."

"그만해."

다쿠토 씨의 아내가 다시 한번 나무랐지만 이번에는 아까보다 말로만 그러는 느낌이었다.

차는 호수에서 멀어져간다. 이 차에는 내비게이션이 없는데 장녀는 지도를 확인하려는 기색도 없다.

빨간불에 멈춰 선 차 옆으로 폐가가 있다. 우리는 이미 산길로 접어들었고, 울창하게 우거진 잡목 너머에 절벽이 있다. 절벽 아래는 호수일 것이다. 폐가는 작았지만 사람이 살던 시절에는 주변 경관이 맑고 아름다운 별장이었는지도 모른다. 누군가 일부러 발로 차 부순 듯한 문 위에 '종람사절縱覧謝絶'이라는 붉은색 글자가 적힌 작은 종이가 붙어 있다.

"종람사절." 다쿠토 씨의 아내가 소리 내서 읽었다.

"응? 뭐라고 했어?" 차녀가 과잉으로 반응한다.

"저기에 적혀 있잖아, 종람사절."

"그러니까 그게 뭔 소린데? 뭔데?"

"출입금지 같은 뜻이야."

"일부러 들어가는 사람이 어딨어, 저런 데를."

"그런가."

다쿠토 씨의 아내가 나직이 중얼거리는 동시에 차가 발진한다. 그녀는 혼잣말처럼 뭔가를 더 말했고, 아마 그 목소리는 내게만 닿은 듯하다. "여기도 괜찮은데"라고.

내가 유일하게 읽은 다쿠토 씨의 소설은 한 남자를 자기 것으로 삼기 위해 온갖 수단을 동원하는 여자의 이야기였다.

실제로 있었던 일이냐는 질문 따위는 물론 하지 않았다. 그건 편집자가 아니라 아마추어나 하는 질문이었고(나 자신을 프로라 할 수 있는가 하는 문제는 차치하고), 그렇지 않더라도 우당탕 요란스러운 코미디 소설이었기 때문이다. 이를테면 여자가 목소리를 변조하기 위해 코를 막고 전화하거나, 말 그대로 땅에 구멍을 파서 함정을 만들기도 하고, 도청기를 장착한 고양이를 풀어놓는 식이었다. 하지만 여자가 남자보다 일곱 살 연상인 점, 체구는 작지만 몸매가 균형 잡힌 미인, 상냥해 보여도 마음은 딴 데 있는 듯한 말투, 때때로 보여주는 (그녀가 파놓은 구멍 같은) 무표정 등의 묘사를 읽으면 누가 봐도 이건 다쿠토 씨 부부를 희화화한 내용이라고 생각할 것이다.

여자의 계획은 모조리 성공한다. 즉, 남자에게 접근하려는 여자나 접근할 생각이 없더라도 그녀가 '그냥 놔둘 수 없겠다'고 판단한 다른 여자들은 간사한 계략에 빠져 저멀리 휩쓸려가거나, 다시는 돌아오지 못하거나, 아니면 다른 남자의 아이를 임신하는 처지가 된다. 소설의 요점은 여자가 그토록 집착하는데도 남자는 여자의 사랑은커녕 그 존재조차 알아채지 못한다는 것이다. 여자가 남자에게만 대담해지지 못한다는 설정이 전제되어 있어, 여자가 마음먹고 모습을 드러내더라도 이상하게 남자의 정신을 다른 데로 돌리는 사건이 발생하면서 여자는 남자의 시야에 들어오지 않는다.

그렇기에 남자는 언제까지나 여자가 존재하지 않는 세계에 살고 있고, 좋은 여자가 나타나면 훌쩍 떠나버린다. 하지만 남자가 여자를 알아채기만 한다면 그녀가 아무것도 하지 않아도 둘은 자연히 맺어질 것이다. 남자의 이상형이 '일곱 살 연상, 체구는 작지만 몸매가 균형 잡힌 미인, 상냥해 보여도 마음은 딴 데 있는 듯한 말투, 때때로 보여주는 무표정'이기 때문이다.

소설은 빨간색 노트에 쓰여 있었다. 다쿠토 씨가 내게 그걸 읽게 한 건 나를 히라쿠에 데려간 뒤였다. 시험당하는 것 같았다. 하지만 그런 일로 그가 싫어지지 않았기에 나는 시험당할 수밖에 없었다. 소설은 잘 풀리지 않았다. 어쩌면 다쿠토 씨는 그걸 기대하는 것 같기도 했지만. "재밌었어요. 엉망진창이긴 한데, 뭉클한 장면도 있네요." 그게 내 감상이었다. 명색이 편집 일을 하면서 그 말밖에 하지 못했다. 한심하게 낄낄거리는 웃음도 덧붙여. "그렇지?" 하고 다쿠토 씨는 히죽 웃었다.

산길인데도 차는 아까보다 속도를 내고 있다.

나는 세워달라고 말하고 싶어 견딜 수 없지만 그걸 말하면 뭔가가 결정돼버릴 것 같아 목소리가 안 나온다. 스스로 겁먹기 시작했음을 깨닫고 망연자실했다. 어쩌다 이렇게 되었을까.

커브를 돌자 밭이 있고 드문드문 민가가 보인다. 분명 저기 중 어딘가에 다쿠토 씨가 있을 거라고, 그렇게 생각해본다. 밭 건너편에 기다란 붉은 깃발이 세워져 있고, 폐가에서 본 '종람사절'이 떠올랐지만 가까이 갔더니 깃발에는 '직접 담근 김치'라고 쓰여 있다. 다쿠토 씨가 김치를 사러 온 걸지도 모르겠다. 별로 먹고 싶은 생각은 없지만 이런 곳에서 김치를 팔고 있다는 사실을 재밌게 여겨서 말이다.

그렇지, 왜 그 생각을 못했을까. 나는 휴대폰을 꺼내 다쿠토 씨에게 전화를 걸었다. 그가 정신을 잃은 상태라도 전화가 울리면 옆에 있는 누군가가 알아챌 것이다. 다쿠토 씨 가족이 아까 해준 설명을 지금 내가 거의 믿지 않는다는 사실은 차치하고 전화 연결음이 울리는 걸 헤아렸다. 그리고 두 번 울렸을 때 누군가 내 손에서 휴대폰을 낚아챘다.

"뭐하는 거예요?"

니는 설마하는 마음으로 차녀를 보며 말했다.

"전화하려고 했어, 이 여자가."

차녀는 나를 무시하고 운전석을 향해 말했다.

"너희들, 진심이니?"

다쿠토 씨의 아내가 말했다. 꾸짖는 게 아니라 확인하는 어조로.

"도착하면……"

느닷없이 아들이 노래를 부르기 시작했다. 큰 소리로 바보처럼.

"언제나 비가 내리지…… 그런 일들의…… 반복……"

"입 다물어, 소타, 시끄러워."

차녀가 새된 소리를 질러도 아들은 입을 다물지 않는다.

"그러나 우리는…… 무엇을 위해……"

"내려주세요!"

나도 소리쳤다.

"차 세워요. 당신들, 이상해. 이상하다고."

"아아, 여기도 역시…… 억수 같은 비가……"

차는 멈추지 않았다. 인가도 다시 보이지 않았다. 아니, 그보단 인가가 없는 쪽으로 차를 모는 거라고 이제 나는 인정하지 않을 수 없었다. 아들은 목소리가 쉬기 시작했지만 노래를 그치지 않고 차녀도 더는 소리치지 않았다.

도중에 왼쪽으로 방치된 공사 현장 같은 장소가 나타났고 장녀는 일단 지나치더니 다시 후진해서 그곳으로 차를 넣었다. 작은 오렌지색 굴착기 한 대가 진흙투성이인 채 옆으로 쓰러져 있었다. 굴착기 뒤로 어린아이도 타고 넘을 수 있을 만큼 느슨하게 밧줄이 쳐져 있고 그 너머로는 울창한 숲이다.

차가 완전히 정차하자 아들이 노래를 멈췄다는 걸 깨달았다. 차녀가 "이런 데는 안 돼" 하고 정면을 똑바로 보며 말했다.

"더 위까지 가야 해. 이런 데는 공사를 할 정도니까 금방 누군가 올 거야."

"이 이상 더 간대도 마찬가지야." 장녀가 말했다.

"그건 그렇고, 이건 무리야. 누가 할 거야? 난 싫어." 아들은 울 것 같은 목소리였다.

"그럼 어떻게 할 건데? 이 여자 분명히 경찰서에 갈걸."

"뭐 어때, 그냥 경찰서로 가자."

"넌 대체 왜 그러니, 그럼 뭐하러 이런 데까지 온 거야?"

나는 머리가 마비된 것 같은 상태로 세 사람이 서로 호통치는 소리를 듣고 있었다. 그러다 문득 목에 뭔가가 닿았다 싶었는데 다쿠토 씨 아내의 손가락이었다.

손가락이 내 목을 휘감고 조르기 시작했다. 이상한 말이지만, 나는 이게 어떤 장난일 거라는 기분이 한층 강하게 들었다. 이런 곳에서 차 안에 갇혀 있고, 누가 할 거냐는 둥 경찰서에 간다는 둥 그런 말을 듣고 있으니 말이다. 급기야 노파에게 목을 졸리고 있다. 아주 서서히 조여와 아직은 별로 고통스럽지 않았고, 지금 이라도 다 같이 웃음을 터뜨리는 게 아닐까 싶었다. 그러고는 다쿠토 씨가 차창을 두드리는 거다.

"당신은 다쿠토의 어디가 좋아?" 다쿠토 씨의 아내가 물었다. 손가락에 살짝 힘이 들어간다. "정말 다쿠토를 좋아해?"

"엄마!" 장녀가 소리쳤다.

"뭐하는 거야, 엄마, 하지 마!"

장녀에 이어 뒤를 돌아본 아들도 소리쳤다. "하지 마." 나도 말했다. 쥐어짜는 목소리밖에 낼 수 없다는 걸 깨닫자 몸에 차갑고 딱딱한 막대기가 밀려들어온 듯한 느낌이 들었다. 하지만 상대는 노파다. 그녀를 밀치기만 해도 될 일이었다. 왠지 못할 것 같은데 숨이 답답해지자 몸이 자연스레 움직였다. 목을 감쌌던 손은 쉽게 떨어져나갔고, 그러다 다쿠토 씨의 아내가 내 팔꿈치에 명치를 맞아 신음하며 몸을 움츠렸다.

나는 그녀의 몸 위에 올라 문에 손을 뻗었다. 그 순간 아들이 조수석에서 내려 다가와 바깥에서 그 문을 열려고 했다. 그런데 문을 열기 전에 그가 뒤를 돌아보았고, 나도 그쪽을 보았다. 낯선 여자가 밧줄을 넘어 우리를 향해 다가오고 있었다.

"이 길, 아니에요. 저쪽이에요."

여자는 나와 같은 사십대 중반 정도였고, 방금 저 집에서 나온 듯 일상복에 하늘색 앞치마를 두르고 있었다.

"당신들, 김치 사러 왔죠? 그런데 이쪽 아니에요, 다들 헷갈리는데 우리집은 저쪽 길로 가요."

특유의 억양이 드러나는 건 일본인이 아니기 때문인가? '직접 담근 김치'라고 적힌 깃발도 생각났다. 나는 다쿠토 씨의 아내를 밀어내고 차문을 열었다.

"살게요, 김치. 데려가주세요. 도와주세요. 저를 도와주세요."

나는 그 여자와 마찬가지로 이상한 일본어로 소리치면서 다쿠토 씨의 아내를 타넘는다. 최대한 낼 수 있는 만큼 힘을 썼더니 다쿠토 씨의 아내는 둥그렇게 뭉친 종잇조각처럼 차 밖으로 튀어나갔다. 김치 가게 여자는 휘둥그레진 눈으로 그 광경을 보고 있다. 아들이 어머니를 부축해 일으켜서 자기 쪽으로 끌어당겼는데 그게 결과적으로는 나를 위해 길을 열어준 셈이 됐다.

나는 여자 쪽으로 다가간다. 몇 걸음 안 되는 거리인데도 굉장히 멀게 느껴진다. 지금이라도 뒤에서 저들이 머리를 잡아챌 것 같아서. 여자의 가슴께로 거의 쓰러지려는 순간, 나는 다쿠토 씨의 아내가 아까 한 질문에 답했다. 좋아하지 않아, 좋아하지 않았어, 내 것이 아니니까 그런 남자랑 사귈 수 있었던 거야.

목소리가 목에 걸린 것처럼 밖으로 나오지 않았지만 나는 마음속에서 큰 소리로 외친다. 다쿠토 씨의 아내를 향해 소리친다. 다쿠토 씨는 당신 거예요. 당신들의 것이야. 나는 그런 남자 이제 필요 없어. 필요 없다고. 나는 앞으로 살아가야 한단 말이야.

김치 가게 여자는 생각보다 다부진 팔로 나를 안아주었고, 나는 그제야 뒤를 돌아본다. 가족이 모두 밖으로 나와 차 트렁크를 에워싸듯 서 있다. 아들과 장녀와 차녀는 나를 보고 있다. 아들에게 부축받은 다쿠토 씨 아내의 시선은 트렁크 위를 향한다. 트렁크를 사랑스러운 듯 바라본다.

지은이 **이노우에 아레노**

1961년 도쿄 출생. 세이케이대학교 영미문학과 졸업. 자유기고가로 일하다 1989년 「나의 누레예프」로 제1회 페미나상을 수상하며 작품활동을 시작했다. 2004년 『준이치』로 제11회 시마세연애문학상, 2008년 『채굴장으로』로 제139회 나오키상, 2011년 『거기 가지 마』로 제6회 중앙공론문예상, 2016년 『적赤으로』로 제29회 시바타 렌자부로 상, 2018년 『오늘 그 이야기는 하지 맙시다』로 제35회 오다 사쿠노스케 상을 수상했다. 그 외 지은 책으로 『양배추 볶음에 바치다』 『저기에 있는 귀신』 등이 있다.

옮긴이 **김영주**

상명대학교 일어교육과를 졸업하고 한국외국어대학교 대학원에서 일본 근현대문학으로 석사과정을 졸업했다. 옮긴 책으로 『낮술』 『신을 기다리고 있어』 『결국 왔구나』 『세평의 행복, 연꽃 빌라』 『일하지 않습니다』 『시간을 달리는 소녀』 『태양의 노래』 등이 있다.

문학동네 세계문학

엄마가 했어

초판 인쇄 2021년 6월 23일 | 초판 발행 2021년 7월 6일

지은이 이노우에 아레노 | 옮긴이 김영주
기획·책임편집 고선향 | 편집 김정희
디자인 윤종윤 이원경 | 저작권 김지영 이영은 | 마케팅 정민호 정진아 김혜연 정유선
홍보 김희숙 김상만 함유지 김현지 이소정 이미희 박지원
제작 강신은 김동욱 임현식 | 제작처 천광인쇄사(인쇄) 경일제책사(제본)

펴낸곳 (주)문학동네 | 펴낸이 염현숙
출판등록 1993년 10월 22일 제406-2003-000045호
주소 10881 경기도 파주시 회동길 210
전자우편 editor@munhak.com | 대표전화 031) 955-8888 | 팩스 031) 955-8855
문의전화 031) 955-8896(마케팅) 031) 955-1917(편집)
문학동네카페 http://cafe.naver.com/mhdn | 트위터 @munhakdongne
북클럽문학동네 http://bookclubmunhak.com

ISBN 978-89-546-8066-0 03830

www.munhak.com